神出鬼没

袁枚 原著

彭洁明 注析

南京师范大学出版社

图书在版编目（CIP）数据

随园小说：神出鬼没 / 袁枚原著；彭洁明注析. —南京：南京师范大学出版社，2018.9

（爱随园）

ISBN 978-7-5651-3839-3

Ⅰ. ①随… Ⅱ. ①袁… ②彭… Ⅲ. ①笔记小说－小说集－中国－清代 Ⅳ. ①I242.1

中国版本图书馆CIP数据核字（2018）第219657号

书　　名	随园小说：神出鬼没
丛 书 名	爱随园
原　　著	袁　枚
注　　析	彭洁明
责任编辑	张元卿
出版发行	南京师范大学出版社
地　　址	江苏省南京市玄武区后宰门西村9号(邮编:210016)
电　　话	(025)83598919(总编办)　83598412(营销部) 83598297(邮购部)
网　　址	http://www.njnup.com
电子信箱	nspzbb@163.com
照　　排	南京理工大学资产经营有限公司
印　　刷	扬州市文丰印刷制品有限公司
开　　本	787毫米×1092毫米　1/32
印　　张	5.25
字　　数	81千
版　　次	2018年9月第1版　2018年9月第1次印刷
书　　号	ISBN 978-7-5651-3839-3
定　　价	26.00元

出 版 人　彭志斌

南京师大版图书若有印装问题请与销售商调换
版权所有　侵犯必究

"通天老狐"笔下的"平行世界"
（前言）

清代文人袁枚,在中国文学史上是一个独特的存在。如果翻开他的履历,从官方的角度说,我们会授予他"著名文学家"的称号,更专业的称号叫做"乾嘉三大家"之一、"性灵派"代表人物、"南袁北纪"之南袁。而他的著作《小仓山房文集》《随园诗话》《子不语》《续子不语》《随园食单》等,涉足了各个不同的文学领域,用"卓有成就"一词,不算过誉。

袁枚的人生,更是融合了中国士人往往不能兼得的儒道两条道路：二十三岁中进士,授庶吉士,在官场辗转十年后,于三十三岁辞官,隐居南京小仓山随园。前半生魏阙情怀,后半生名山事业。元人薛昂夫的《塞鸿秋》云："功名万里忙如燕,斯文一脉微如线。光阴寸隙流如电,风霜两鬓白如练。尽道便休官,林下何曾见？至今寂寞彭泽县。"

这首散曲,辛辣地道出了历来官场之中,表面向慕隐士生涯的多,而真正激流勇退的少。而袁枚的举动,乍看之下,似乎颇有几分彭泽遗风。

然而袁枚并非陶渊明。他隐居之后,既不似陶渊明一样贫困潦倒,也未如他一般躬耕为业。既没有对时运不济、才智难抒的悲愤,也不格外追求如见道心的悠然。他重生活品质、情趣,将随园从梁木倾颓整治得别饶雅趣;他好美馔,食不厌精,脍不厌细,还将心得写成书,成为后世老饕的圭臬;他好游名山大川,六十五岁之后,遍游浙江、安徽、江西庐山、广东、广西、湖南、福建等地,优游卒岁,不知老之将至。此外,更有一离经叛道的行为,颇受时人争议——广收弟子授诗,其中更不乏女弟子。

袁枚的独特性,表现在他的人生取舍,也表现在他的作品之中。我们阅读他的小说《子不语》《续子不语》,首先会联想到《论语》里的"子不语怪力乱神",知道他抖了个机灵,故意反其道而行之。继而或许会联想起与之齐名的《聊斋志异》和《阅微草堂笔记》,实际上,这三部书虽然都属志怪小说,但作者创作的意旨却颇不同。

蒲松龄序《聊斋志异》时,称他"集腋成裘,妄续幽冥之录,浮白载笔,仅成孤愤之书",实是在这部小说中寄托了一生的不得志和对知音者的切切渴求。而单看《阅微草堂笔记》的目录，如"滦阳消夏录""槐西杂志""姑妄听之"云云，就知道这不过是馆阁重臣的游戏之笔。至于袁枚，他写《子不语》《续子不语》，既不同于蒲松龄的将全部生命贯注，也不同于纪晓岚的消闲而作。理解袁枚的创作心态，我们可以从同时代文人对袁枚的评价着手。洪亮吉在宗尚儒家伦理精神的《北江诗话》中，说袁枚"通天老狐，醉辄露尾"；而与其并列"乾隆三大家"的赵翼，则说他是"前身是怪，年老成精，虽曰风流班首，实乃名教罪人"。这着实不是什么好话，但如果剥除掉其中的情感和伦理色彩，我要说他们真是袁枚的知音。更有趣的是，他们所用的形容词"狐""怪""精"等，正是《子不语》《续子不语》等书的主角。

《子不语》中，有狷介之人、奇特之怪、执着之鬼，它们虽然本应互有抵牾，但空其相，探其实，会发现在袁枚的心中，鬼、怪不过是世俗世界众生的写意形态，人、鬼、怪中都有参不透贪嗔痴者，亦有聪明灵慧、卓尔不群者。那光怪陆离的鬼怪世界，与其说是异类的空间，不如说是假鬼怪之名而造就的"平行世界"。

在这里，有执迷的鬼，如《官癖》中的太守，死后百年都不知自己已成鬼物，依然日日上堂，直到新太守乔公提前上堂占据其位,它才顿悟自己已死,一叹而绝。执着于名位至此,让人既觉荒唐可笑,又觉辛酸可悯。而有的鬼,执迷的却是世间之情。如《鬼逐鬼》之中的左秀才夫妇,妻子撒手人寰,丈夫"不忍相离,终日伴棺而寝"。待到中元节丈夫被恶鬼相犯时,他想到的不是逃跑,而是向死去的妻子求救,妻子竟然也显灵护得他周全;当妻子提出二人同生同死、再结来生之缘的想法时,丈夫则毅然相从于地下。在这个中国版"人鬼情未了"故事里,爱情可以轻而易举地超越生死,"生者可以死,死者可以生",何其令人感喟!

在这里,也有超拔的鬼。如《冷秋江》中描写的冷秋江,在程某遇鬼危殆时挺身而出,救人纾难,宛如天神。他施恩不图报,救人不留名,真有高人气度。待其真实身份揭开,读者方知冷秋江不是纵横的侠客,也非下凡的仙人,而是飘零的野鬼——谁说鬼怪丛中,没有重情重义、卓尔不凡之辈呢?

之所以说袁枚在《子不语》和《续子不语》中塑造的不是阴森恐怖的异类世界,而是与人类世界相对应的平行空间,是因为其中的鬼怪,往往有与人类相通的情感和欲望。其实,鬼怪之所以让人觉得可怕,多半因为它的神秘和不可知。当人们视它们为异界之物时,幻想和隔阂会催生出无穷恐怖,但经袁枚解构后的鬼怪,则脱下了神秘的外衣,与人一样具有了世俗的气息。如《门夹鬼腿》一文中,众鬼强词夺理,耍赖撒泼,以求满足口腹之欲,既可笑,又可憎,虽有鬼的"神通",但其所言所行,其实跟人并无区别。又如《鬼冒名索祭》中,无名之鬼借着某侍卫"醉驾"伤人,冒充受伤"致死"之鬼,在肇事者家中作威作福,也只是为了得到人的供奉。而等到被人识破时,它也毫不惊惶,只是一笑而去。

当然,人和鬼的关系,并非总是那么轻松谐趣,更多的时候是一种对峙关系。这种对峙状态,有时你死我活,势不两立;有时则此消彼长,我强敌弱。如《鬼畏人拼命》一文中,倔强无比的介某,恰好遇到了一个凶悍蛮横的鬼,最后,还是强项不低头的介某骨头更硬,在这场心理战中最终获胜。而当具有大智慧之人遇到存心不良之鬼时,不仅不会被它们所害,还能为其指点迷航,使其得脱苦海。如《蔡书生》的主角蔡生,遇到的是一位意欲引人自尽的缢死鬼。面对凶险的情势,他非但不入彀,反而只用一言便将之点化,霹雳手段,菩萨心肠。又如《鬼宝塔》之中的邱老者,面对众鬼的恶相从容不迫,使得其怪自败——袁枚借邱老者的淡定,道出这样一个事实:所谓鬼怪,其实是人心的镜像和譬喻。鬼怪之贪欲邪恶，不过是人的贪嗔痴之念的一种转化；鬼怪之善良温柔，也是来自人心中那不可磨灭的人情。鬼怪，不就是一面烛照人心的镜子吗？

《子不语》《续子不语》二书中，还寄托了袁枚对于世界的独特认知。如《奉行初次盘古成案》《两神相殴》等文，都是在用瑰奇的想象、奇趣的故事，来寄托包举宇宙之心，诉说自己对这个世界的秩序和法度的理解。同时，随园小说的独特面貌，也能折射出袁枚的趣味和性情。随园小说中，大到对世界的认知、对人性的理解，小到文章运笔的方法、故事悬念的设置，都力图自出机杼，新人耳目，由此，不难看出他尚奇出新、不甘人后的创作追求。

在科学昌明、崇尚理性精神的今天，我们读随园小说时，应该明了它作为"志怪小说"所具有的猎奇属性，其实并非最大的亮点；而它对世事人心的体察、对真情真性的赞颂，以及其中蕴含的通达的智慧和超越同侪的怀疑精神，才是其真正的独特之处。不知读者在读这些或谐趣、或惊险、或深刻的鬼怪故事时，会不会恍若穿越了数百年的时空，如觌"通天老狐"之面，因之会心一笑呢？

2018年10月29日于广州竹隐斋

目录

前言 / 001

蔡书生 / 003
南昌士人 / 006
鬼冒名索祭 / 010
鬼畏人拼命 / 013
两神相殴 / 017
奉行初次盘古成案 / 025
秦毛人 / 032
人虾 / 035
门夹鬼腿 / 041
老妪变狼 / 044
冷秋江 / 047
纣之值殿将军 / 051

李百年 / 055

医妒 / 063

蜈蚣吐丹 / 071

红衣娘 / 074

官癣 / 077

铸文局 / 080

棺床 / 087

两僵尸野合 / 091

误尝粪 / 094

赵氏再婚成怨偶 / 097

卖蒜叟 / 101

借棺为车 / 104

孙烈妇 / 108

鬼宝塔 / 111

庄生 / 114

鬼逐鬼 / 118

碧眼见鬼 / 121

清凉老人 / 125

三姑娘 / 133

梦葫芦 / 138

奇骗 / 140

沙弥思老虎 / 144

吹铜龙送柱死魂　锅上有守饭童子 / 147

禅师吞蛋 / 150

凡肉身仙佛俱非真体 / 153

唱歌犬 / 157

袁太史簡齋小像

蔡书生

杭州北关门外有一屋,鬼屡见,人不敢居,扃锁^①甚固。书生蔡姓者将买其宅。人危之,蔡不听。券成,家人不肯入。蔡亲自启屋,秉烛坐。至夜半,有女子冉冉来,颈拖红帛,向蔡伏拜,结绳于梁,伸颈就之。蔡无怖色。女子再挂一绳,招蔡。蔡曳一足就之。女子曰:"君误矣。"蔡笑曰:"汝误才有今日,我勿误也。"鬼大笑,伏地再拜去。自此,怪遂绝,蔡亦登第^②。或云即蔡炳侯方伯也。

【注释】

① 扃(jiōng)锁:锁闭。段成式《酉阳杂俎·语资》:"(宁

王）忽见草中一柜，肩锁甚固。"

② 登第：在科举考试中考取功名。

【赏析】

在民间传说中，吊死鬼作为枉死的魂灵，死后不得安息，往往游荡于人间，持绳套一节，要寻到一个替死者，才能转世投胎。然而这"寻找"多为迷魂和诱骗，用邪术来魅惑本没有求死之心的人上吊，以求自身的解脱。如此"恶"鬼，自然不会让人有什么好感，故而在大多数志怪故事中，吊死鬼都是为祸人间的反面角色。

此文的主人公蔡生是不畏鬼之人，买宅偏买闹鬼之凶宅，朋友劝阻，家人畏惧，他却浑不在意。住入新居的第一夜，鬼就来了——来的是个女鬼，脖子上还拖着一段红布，又在房梁上结绳套引诱蔡书生上吊，分明是个标准的吊死鬼。

女鬼在做了上吊的"示范"之后，又挂了一个绳套招手让蔡生也来上吊。面对危险，蔡生竟然施施然把脚放入了绳套中。吊死鬼忍不住说道，阁下错了，而蔡生却说，"汝误才有今日，我勿误也"——你当时一念之差，才有今日，我正念正行，哪里有错？"误"指的是什么？在意欲寻求替死鬼的女鬼看来，没有把脖子放进绳套中是错了，而在达观知命的蔡生看来，没有好好珍惜自己的生命，寻短见使自己落入窘境才是错。"误"在这里有双关义,而蔡生的见地,明显高了一筹。

志怪小说中的不怕鬼之人,要不具有惊天胆略,要不具有惊人艺业,而蔡生不然,他的长处,在于其过人的识见和胸襟。在抱有恶意的吊死鬼面前,他心平气和,不卑不亢,这绝非易致。这种非凡的胸襟,让他成了一个度化者,听了他的话,"鬼大笑,伏地再拜去。自此,怪遂绝"。我们愿意相信,此鬼不是另寻他人作祟去了,而是由此顿悟,真得解脱。

南昌士人

江南南昌县有士人某，读书北兰寺，一长一少，甚相友善。长者归家暴卒，少者不知也，在寺读书如故。天晚睡矣，见长者披闼入，登床抚其背曰："吾别兄不十日，竟以暴疾亡。今我鬼也，朋友之情不能自割，特来诀别。"少者畏惧，不能言。死者慰之曰："吾欲害兄，岂肯直告？兄慎弗怖。吾之所以来此者，欲以身后相托也。"少者心稍定，问："托何事？"曰："吾有老母，年七十余，妻年未三十，得数斛①米，足以养生，愿兄周恤②之，此其一也。吾有文稿未梓③，愿兄为镌刻，俾④微名不泯，此其二也。吾欠卖笔者钱数千，未经偿还，愿兄偿之，此其三也。"少者唯唯⑤。死者起立曰："既承兄担承，吾亦去矣。"言毕欲走。

少者见其言近人情，貌如平昔，渐无怖意，乃泣留之，曰："与君长诀，何不稍缓须臾去耶？"死者亦泣，回坐其床，更叙平生。数语复起曰："吾去矣。"立而不行，两眼瞠视⑥，貌渐丑败。少者惧，促之曰："君言既毕，可去矣。"尸竟不去。少者拍床大呼，亦不去，屹立如故。少者愈骇，起而奔，尸随之奔。少者奔愈急，尸奔亦急。追逐数里，少者逾墙仆地，尸不能逾墙，而垂首墙外，口中涎沫与少者之面相滴涔涔⑦也。

天明，路人过之，饮以姜汁，少者苏。尸主家方觅尸不得，闻信，舁⑧归成殡。

识者曰："人之魂善而魄恶，人之魂灵而魄愚。其始来也，一灵不泯，魄附魂以行；其既去也，心事既毕，魂一散而魄滞。魂在，则其人也；魂去，则非其人也。世之移尸走影，皆魄为之，惟有道之人为能制魄。"

【注释】

① 斛（hú）：中国古代量器名，亦是容量单位，一斛本为十斗，后来改为五斗。

② 周恤：周济、帮助。

③ 梓：刻板，付印。

④ 俾（bǐ）：使。

⑤ 唯唯：恭敬的应答声。《汉书·司马相如传上》："齐王曰：'虽然，略以子之所闻见言之。'仆对曰：'唯唯。'"颜师古注："唯唯，恭应之辞也。"

⑥ 瞠（chēng）视：瞪着眼睛看。

⑦ 涔涔（cén cén）：液体淋漓的样子。

⑧ 舁（yú）：抬。

【赏析】

在中国古代文学作品之中，从来不乏"人鬼情未了"的故事。它们的动人之处在于，在故事之中，心灵的力量往往可以超越时空的隔阂和阴阳的界限，让包裹在脆弱肉体之内的灵魂散发出光辉。

这类故事的主角，大多是一男一女，一人一鬼，且人常为男，鬼常为女。初时二者皆为人，后来造化弄人，生出种种变故，其中一人撒手人寰，但魂魄犹未散，由此演绎出一段哀婉凄怨的人鬼之恋，如《牡丹亭》《聊斋志异》中的《连城》都是此类。

《南昌士人》一文，虽然也是"人鬼情未了"的故事，但不写情侣，而写友人。此二人一长一少，友情颇笃。长者不幸暴卒，少者却并不知情。死者魂灵不昧，漏夜前来，一为托付身后事，二为诀别。此情此景，何其令人感慨唏嘘！

正当文中人物与读者沉浸在忧伤的氛围中时，画风突变，情节急转——长者托孤诀别已毕，自言将去，而瞪目驻足不前，继而发生了尸变，甚至要噬人而后快。于是一个穷追，一个急逃，直到最后，生者跑到墙外，僵尸无法逾墙而过，画面就定格在"垂首墙外，口中涎沫与少者之面相滴涔涔也"，既恐怖，又滑稽。

作者最后借"识者曰"解释这件事的原因是"魂善而魄恶"，凄婉诀别的是魂，凶猛噬人的是魄，因为前为魂主，后为魄使，所以前后判若两"鬼"。袁枚创作这个故事，有一反常理、尚奇弄趣的意思，但同时，读者读毕，或许也会体会到一丝无奈——在生死面前，海誓山盟也好，金兰之契也罢，恐怕都不得不有时而尽。

鬼冒名索祭

某侍卫好驰射,逐兔东直门。有翁蹲而汲水,马逸不止,挤翁于井。某大惧,急奔归家。是夜,即见此翁排闼入,骂云:"尔虽无心杀我,然见我落井,唤人救我,尚有活理,何乃忍心潜逃,竟归家耶?"某无以答。翁即毁器坏户,作祟不已。举家跪求,为设斋醮①。鬼曰:"无益也。欲我安宁,须刻木为主,写我姓名于上,每日以豚蹄享我,当作祖宗待我,方饶汝。"如其言,祟为之止。自此,过东直门,必纡道而避此井。

后扈从②圣驾,当过东直门,仍欲纡道走。其总管斥之曰:"倘上问汝何在,将何词以对?况青天白日,千乘马骑,何畏鬼耶?"某不得已,仍过井所,则见老翁宛然立井边，奔前牵衣骂曰："我今日寻着汝矣！汝前年马冲我而不救，何忍心耶？"且詈且殴之。某惊遽哀恳曰："我罪何辞，但翁已在我家受祭数年，曾面许宽我，何以又改前言？"翁更怒曰："吾未死，何需汝祭？我虽为马所冲，失脚落井，后有过者闻我呼救，登时曳出。尔何得疑我为鬼？"某大骇，即拉翁同至其家，共观木主所书者，非其姓名。翁攘臂骂，取木主掷之，撒所供物于地。举家惶愕，不解其故，闻空中有声，大笑而去。

【注释】

① 斋醮（jiào）：道教法事。其法为设坛摆供，焚香、化符、念咒、上章、诵经、赞颂，并配以烛灯、禹步和音乐等仪注和程式，以祭告神灵，祈求消灾赐福。

② 扈（hù）从：随从，随侍。

【赏析】

俗语云"人为财死，鸟为食亡"，在袁枚的笔下，鬼也不能免俗。按照民间信仰，做了鬼之后，所能享用的，只有人间的祭祀供品，《鬼冒名索祭》中的鬼，便是为了这份祭品，无所不用其极。

文中的某侍卫，因逐兔高驰，误伤汲水之老翁，使其落入井中，而他惊慌之下以为对方已死，并未设法救人，而是"急奔归家"，显然是肇事逃逸。

不过，现世报来得快极，当晚，老翁的鬼魂就破门而入，先是凛然痛斥，继而不断作祟。侍卫不堪其扰，跪求之后双方商定通过设祭的方法和解。虽然如此，做了亏心事的侍卫依然心有余悸，经过事发地时，一直都是绕过肇事的水井。直到有一天伴驾时避无可避，硬着头皮经过水井，竟然看到井边赫然站着被他"撞死"的老翁。老翁对他又打又骂，侍卫又惊又惧，二人对质后，侍卫方知老翁未死，索祭者，乃冒名之鬼也。

故事的最后，误会揭开，骗局也被戳穿。有趣的是，当苦主老翁"取木主掷之，撒所供物于地"之后，冒名之鬼"大笑而去"，仿佛这件事对他而言，只是一场成功的恶作剧，而非恶意的侵害。

在志怪小说中，鬼与人的关系是多样的，有的针锋相对、你死我活，有的你侬我侬，忒然情多。《鬼冒名索祭》一文，写了一种独特的人鬼关系，这里的鬼，虽然有点调皮无赖，但并不可恶可怕，而故事情节也波澜起伏，引人入胜。

鬼畏人拼命

介侍郎有族兄①某,强悍,憎人言鬼神事。每所居,喜择其素号不祥者而居之。

过山东一旅店,人言西厢有怪,介大喜,开户直入。坐至二鼓②,瓦坠于梁。介骂曰:"若鬼耶,须择吾屋上所无者而掷焉,吾方畏汝。"果坠一磨石。介又骂曰:"若厉鬼耶,须能碎吾之几,吾方畏汝。"则坠一巨石,碎几之半。介大怒,骂曰:"鬼狗奴!敢碎吾之首,吾方服汝!"起立掷冠于地,昂首而待。自此,寂然无声,怪亦永断矣。

【注释】

① 族兄:同高祖兄弟的兄辈。亦泛指同族同辈中年较长

者。《后汉书·刘玄传》:"刘玄字圣公,光武族兄也。"

② 二鼓:即二更。我国古代把夜晚分成五个时段,分别为黄昏(一更)、人定(二更)、夜半(三更)、鸡鸣(四更)、平旦(五更),用鼓打更报时,因此二更天也称为二鼓。

【赏析】

今日网络用语中,有"立 flag"之说,指人大言炎炎,无所顾忌,却旋即被现实所嘲讽。其实这种说法,古人在诗话、词话、小说中曾多次言及,只不过不叫"立 flag",而是叫"谶语"。

《三国演义》之中,曹操在败走华容道的时候,曾三次一语成谶。第一次,"见树木丛杂,山川险峻,乃于马上仰面大笑不止",属下问其故,他说:"吾不笑别人,单笑周瑜无谋,诸葛亮少智。若是吾用兵之时,预先在这里伏下一军,如之奈何?"结果呢?话音刚落,赵云伴着鼓声和火光杀将出来,惊得曹操几乎坠马。好不容易杀出重围,到了疏林之中,曹操又"仰面大笑",笑周瑜、诸葛亮浪得虚名,不知在此埋伏人马,毫无意外的,这一笑,又引出了张飞。再次突围后,曹操又好整以暇地笑了一次,这次,笑出了关羽的伏军,真正一败涂地。

这一段情节,无疑颇具喜剧色彩。喜剧色彩的由来,既在于作者写曹操的"笑"和伏军的出现,应验了设置的悬念和读者的心理预期，也在于曹操的举动中，蕴含着滑稽色彩。曹操处变不惊，还能好整以暇，苦中作乐，也算枭雄本色，无奈诸葛亮技高一等，曹操每一笑，都落入他的彀中，如此写来，正以曹操的狼狈，衬托出诸葛亮的高明。

《鬼畏人拼命》一文中，作者写了一个强悍而戆直的人物，在一个鬼神之说盛行的环境中，介某却不喜人言鬼神之事，不但不喜，还要反其道而行之，专找传言有鬼祟的地方去住。这次到了山东，又碰到这样的所在。初听说时，他的反应是"大喜，开户直入"，雀跃之情，见于颜色，这已是一奇。到了屋中，他并不安歇，而是坐以待之。果然，这次并非以讹传讹，二更时分，梁上坠瓦，正主出现了。其实，在志怪小说中，常有描写介某这类"明知屋有鬼，偏向鬼屋行"的故事。但是，故事进行到鬼真的出现的时候，主人公有的如叶公见真龙般怯了场，有的则演变成了露水姻缘。如《聊斋志异》中《莲香》的男主角桑生，邻居问他独居怕不怕鬼狐，他答道："丈夫何畏鬼狐？雄来吾有利剑，雌者尚当开门纳之。"后来，鬼、狐果然都来了，而故事经历了一波三折，也终归于圆满。

但本文的介某并非外强中干之人，文中也并无鸳鸯蝴蝶故事。介某见鬼，有三骂。第一骂：要求鬼自证身份——既然你伏在屋顶上，那你就扔一个屋顶上本来没有的东西，让我见识一下你的变化之神通，否则，我怎么知道你是不是真鬼呢？鬼如其言，扔下来一块屋顶上绝不该有的磨石。介某又骂：要求鬼自证脾性——鬼有温和派，有恐怖派，谁知道你是哪一派的呢，如果真是厉鬼，那就给我点颜色看看。鬼又如其言，扔下巨石砸碎了房中的几案。常人至此，哪怕不战栗退缩，恐怕也会噤声收敛，介某则不然，又有第三骂：你这该死的厉鬼，你敢杀了我，我才服你！这次，鬼并未如其言，而是避而远之，认了栽了。

这篇故事与《三国演义》曹操之三笑相似的地方，在于二者都是"一方说谶语——另一方使之应验"的结构，又都将这种结构重复使用了三次，在重复之中逐次递进，烘托出笑点。不同之处在于，《鬼畏人拼命》中的介某，初时像是被鬼戏弄的滑稽人物，而他屡遭鬼戏，竟然气不稍馁，一直强项到底，最后竟然把鬼都吓走了。可见无论是真实的人间，还是用以隐喻人间的阴间、天界，都遵从同样的法则：强弱之判，不在人、鬼的身份，而在其内心是否有力量。

两神相殴

孝廉钟悟,常州人,一生行善,晚年无子,且衣食不周,意郁郁不乐。病临危,谓其妻曰:"我死慎毋置我棺中。我有不平事,将诉冥王。或有灵应,亦未可知。"随即气绝,而中心尚温,妻如其言,横尸以待。

死三日后,果苏,曰:我死后到阴间,所见人民往来,与阳世一般。闻有李大王者,司赏善罚恶之事。我求人指引到他衙门,思量具诉。果到一处,宫殿巍峨,中坐尊官。我进见,自陈姓名,将生平修善不报之事一一诉知,且责神无灵。

神笑曰:"汝行善行恶,我所知也;汝穷困无子,非我所知,亦非我所司。"问:"何神所司?"曰:"素大王。"

我心知"李"者,"理"也;"素"者,"数"也。因求神送至素王处一问。神曰:"素王尊严,非如我处无人拦门者。我正有事要与素王商办,汝可随行。"少顷,闻呼驺^①声,所从吏役,皆整齐严肃。

行至半途,见相随有沥血者曰"受冤未报",有嚼齿者曰"逆党未除",有美妇人而拉丑男者曰"夫妇错配"。最后有一人衮冕^②玉带,状若帝王,貌伟然而衣履尽湿,曰:"我,周昭王^③也。我家祖宗,自后稷、公刘,积德累仁,我祖父文、武、成、康,圣贤相继,何以一传至我,而依例南征,无故为楚人溺死。幸有勇士辛游靡^④长臂多力,曳我尸起,归葬成周,否则徒为江鱼所吞矣。后虽有齐侯小白借端一问,亦不过虚应故事,草草完结。如此奇冤,二千年来绝无报应,望神替一查。"李王唯唯。余鬼闻之,纷纷然俱有怒色。钟方悟世事不平者,尚有许大冤抑,如我贫困,固是小事,气为之平。

行少顷,闻途中唱道而至曰:"素王来。"李王迎上,各在舆中交谈。始而絮语,继而忿争,哓哓不可辨。再后两神下车,挥拳相殴。李渐不胜,群鬼从而助之,我亦奋身相救,终不能胜。李神怒云:"汝等从我上奏玉皇,听候处分。"随即腾云而起,二神俱不见。

少顷俱下,云中有霞帔而宫装者二仙女相随来,手持金尊玉杯,传诏曰:"玉帝管三十六天⑤事,无暇听些些小讼。今赠二神天酒一尊,共十杯。有能多饮者,便直其事。"李神大喜,自称"我量素佳",踊跃持饮,至三杯,便捧腹欲吐。素神饮毕七杯,尚无醉色。仙女曰:"汝等勿行,且俟我复命后再行。"

须臾,又下,颁玉带诏曰:"理不胜数,自古皆然。观此酒量,汝等便该明晓。要知世上凡一切神鬼圣贤,英雄才子,时花美女,珠玉锦绣,名书法画,或得宠逢时,或遭凶受劫,素王掌管七分,李王掌管三分。素王因量大,故往往饮醉,颠倒乱行。我三十六天日食星陨,尚被素王把持擅权,我不能作主,而况李王乎!然毕竟李王能饮三杯,则人心天理,美恶是非,终有三分公道,直到万古千秋,绵绵不断。钟某阳数虽绝,而此中消息非到世间晓谕一番,则以后告状者愈多,故且开恩增寿一纪,放他还阳,此后永不为例。"钟听毕还魂。又十二年乃死。

常语人云:"李王貌清雅,如世所塑文昌神⑥;素王貌陋,团团浑浑⑦,望去耳、目、口、鼻不甚分明。从者诸人,大概相似,千百人中,亦颇有美秀可爱者,其党亦不甚推尊也。"

钟本名护,自此乃改名悟。

【注释】

① 驺(zōu):养马驾车的侍从。呼驺:唤来车驾。郑板桥《扬州竹枝词序》:"酒情跳荡,市上呼驺;诗兴颠狂,坟头拉鬼。于嬉笑怒骂之中,极潇洒风流之致。"

② 衮冕:衮衣和冕。衮衣为古代天子及王公的礼服,因上有龙的图案得名。衮衣是皇帝在祭祀和举行重要典礼时所穿的礼服。《诗经·豳风·九罭》:"我觏之子,衮衣绣裳。"朱熹《诗集传》:"天子之龙一升一降,上公但有降龙。以龙首卷然,故谓之衮也。"冕,古代中国冠饰之一。为天子、诸侯、卿、大夫所戴的礼帽。许慎《说文解字》:"冕,大夫以上冠也。"

③ 周昭王:姬姓,名瑕。周康王姬钊之子,周朝第四任君主。周昭王继位后,欲继承成康事业,继续扩大周的疆域,从昭王十六年开始,亲率大军南征荆楚,经由唐(今湖北随州西北)、厉(今湖北随州北)、曾(今湖北随州)、夔(今湖北秭归东),直至江汉地区,大获财宝,铸器铭功。周昭王十九年,昭王再次亲帅六师伐楚,结果全军覆没,死于汉水之滨。史料均记载周昭王崩于汉水,但如何落水却众说纷纭,有梁败说(桥梁垮塌落水)、船解说(船只解体落水)、地震说(在地震中君

臣俱亡)、鳄鱼说(落水后命丧鳄鱼之口)等说法。袁枚此处采"船解说"。

④ 辛游靡:周昭王侍从。皇甫谧《帝王世纪》:"昭王德衰,南征,济于汉,船人恶之,以胶船进王,王御船至中流,胶液船解,王及祭公俱没于水中而崩。其右辛游靡长臂且多力,游振得王,周人讳之。"

⑤ 三十六天:三十六天是道教茅山宗根据《灵宝经》的宇宙创世理论,构想出来的神仙所处的空间。据宋代张君房编撰的《云笈七签》卷二十一"天地部"称,道教构想的地上之天共有三十六层,故名三十六天。

⑥ 文昌神:文昌神源自星辰崇拜。在北斗七星之上,有六颗星,合称为文昌宫。文昌六星最初的职司非常广泛,后来有些职司逐渐被别的神取代,而专司文运。旧时人们认为,文昌星明亮,预兆着文运将兴。人格化以后,文昌神被道教封为文昌帝君,又由于他的原型生在蜀地的梓潼县,所以也叫梓潼帝君。

⑦ 团团浑浑:团团,指圆的样子,引申为肥胖。浑浑,浑浊纷乱的样子,或引申为迷糊,不清醒。唐欧阳询《嘲长孙无忌》诗:"只因心浑浑,所以面团团。"

【赏析】

世间万事,有没有一定之理呢?自古以来,哲人先贤都曾试图回答过这一问题。《道德经》云:"有物混成,先天地生。寂兮寥兮,独立而不改,周行而不殆,可以为天地母。吾不知其名,强字之曰道",认为天地间存在一个万古不变的"道"。《荀子》曰"天行有常,不为尧存,不为桀亡",也认同这一点。但是,这个"道"或者说"理"是怎样的呢?那就很难有定论了。

《两神相殴》一文,便是试图回答这一问题。文章的主人公常州人钟悟一生无子,晚年境况又不佳,临死之前,存了死后要去冥府求个公道的念头。死后,果然魂灵不昧,到了阴间,见识到一番奇事。钟悟先去见了李大王,又听闻自己该素大王管辖。钟悟心知"李"即"理","素"即"数",也就是命数。去到素王处,方知自己所不平的事,实在是鸡毛蒜皮,连周昭王都两千年不得雪冤,自己被命运小小捉弄,又算得了什么?

我们知道,这篇故事中充满了隐喻。譬如,李王与素王二人话不投机,争斗起来,李王力有不敌;在玉皇面前听候裁决,玉皇赐酒,素王豪饮七杯,并无醉态,李王饮了三杯就不胜酒力了。作者还借玉皇之口,揭出了隐喻之事:世上之事,一定之理只占三分,而无常之数占了七分,所以英雄失路、忠臣被戮、才子不遇,不平事所在多有,但"人心天理,美恶是非,终有三分公道,直到万古千秋,绵绵不断",所以为人还是应当正道直行,无愧于心,须信厚地高天,终有不负人处。

袁老太史纂輯

子不語

同文堂藏板

奉行初次盘古成案

《北史》称"毗骞国①王头长三尺,至今不死",予尝疑其诞。康熙间,浙人方文木泛海,被风吹至一处,宫殿巍峨,上署"毗骞殿"三字,方大惊,俯伏殿外。两霞帔②者引之入。有长头王上坐,冕如巨桶,珍珠四垂,须拂拂然③相触有声,问文木曰:"汝浙人乎?"曰:"然。"王曰:"离此五十万里矣。"赐文木饭,米大如枣。

文木知王神灵,跪拜求归。王顾谓侍臣曰:"取第一次盘古④皇帝成案替他一查。"文木大骇,叩头曰:"盘古皇帝有几个乎?"王曰:"天地无始无终,有十二万年,便有一盘古。今来朝天者,已有盘古万万余人,我安能记明数目?但元会运世⑤之说,已被宋朝人邵尧夫⑥说破。

可惜历来开辟总奉行第一次开辟之成案,尚无人说破,故风吹汝来,亦要说破此故,以晓世人耳。"文木不解所谓。王曰:"我且问汝:世间福善祸淫,何以有报有不报耶?天地鬼神,何以有灵有不灵耶?修仙学佛,何以有成有不成耶?红颜薄命,而何以不薄者亦有耶?才子命穷,而何以不穷者亦多耶?一饮一啄,何以有前定耶?日食山崩,何以有劫数耶?彼善推算者,何以能知而不能免耶?彼怨天尤天者,天胡不降之罚耶?"文木不能答。

王曰:"呜呼!今世上所行,皆成案也。当第一次世界开辟十二万年之中,所有人物事宜,亦非造物者之有心造作,偶然随气化之推迁,半明半暗,忽是忽非,如泻水落地,偶成方圆;如孩童着棋,随手下子。既定之后,竟成一本板板帐簿,生铁铸成矣。乾坤将毁时,天帝将此册交代与第二次开辟之天帝,命其依样奉行,丝毫不许变动,以故人意与天心往往参差不齐。世上人终日忙忙急急,正如木偶傀儡⑦,暗中为之牵丝者。成败巧拙,久已前定,人自不知耳。"文木恍然,曰:"然则今之所谓三皇五帝,即前此之三皇五帝乎?今之二十一史中之事,即前此之二十一史中之事乎?"王曰:"然。"

言未毕,侍臣捧一册至,上书"康熙三年,浙江方文木泛海至毗骞国，应将前定天机漏泄，俾世人共晓，仍送归浙江"云云。文木拜谢，临别泣下。王摇手曰："子胡然？十二万年之后，我与汝又会于此矣！何必泣为？"既而笑曰："我错，我错！此一泣，亦是十二万年中原有两条眼泪，故照样誊录，我不必劝止也。"文木问王年寿，左右曰："王与第一次盘古同生，不与第千万次盘古同死。"文木曰："王不死，则乾坤毁时，王将安归？"王曰："我沙身也，历劫不坏。万物毁坏，变为泥沙而极矣。我先居于极坏之处，劫火不能烧，洪水不能淹，惟为恶风所吹荡。上至九天，下至九渊，殊觉劳顿。每每枯坐数万年，等盘古出世，觉日子太多，殊可厌耳。"言毕，口嘘气吹文木，文木乘空而起，仍至海船上。

月余归浙，以此语毛西河①先生。先生曰："人但知万事前定，而不知所以前定之故，今得是说，方始豁然。"

【注释】

① 毗（pí）骞国：传说中的神奇国度，《北史》《南史》《文献通考》皆有载。《文献通考》："毗骞国，梁时闻焉，在顿逊之外大海洲中，去扶南八千里。传其王身长丈二尺，头长三尺，自古来不死，莫知其年。其王神圣，知将来事，南方号曰长头王。……王常楼居，不血食，不事鬼神。其子孙生死如常人，

惟王不死。"

② 霞帔（pèi）：霞帔是中国古代妇女礼服的一部分，类似现代披肩。是宋以来贵妇的命服，式样纹饰随品级高低而有区别。明唐寅《嗅花观音》诗："办取星冠与霞帔，天台明月礼仙真。"

③ 拂拂然：颤动的样子。

④ 盘古：中国民间神话传说人物。盘古是中国神话体系中最古老的神，传说他在昆仑山开天辟地，盘古神话叙事见于《三五历纪》《五运历年记》《述异记》等书。

⑤ 元会运世：邵雍根据先天《易》学和佛教轮回说，创立"元会运世说"，认为人类历史的发展是循环往复的过程。邵雍将时间历程划分为元、会、运、世四个单位。一元为十二会，一会为三十运，一运为十二世，一世为三十年，故一元为十二万九千六百年。

⑥ 邵尧夫：即邵雍，字尧夫，北宋著名理学家、诗人，与周敦颐、张载、程颢、程颐并称"北宋五子"。少有志，喜刻苦读书并游历天下，并悟到"道在是矣"，而后师从李之才学《河图》《洛书》与伏羲八卦，学有大成，并著有《皇极经世》《观物内外篇》《先天图》《渔樵问对》《伊川击壤集》《梅花诗》等。

⑦ 傀儡：亦作"傀垒"，原指木偶，如傀儡戏。后比喻不能自主、受人操纵的人或组织。

二十一史：明至清雍正时，《史记》《汉书》《后汉书》《三国志》《晋书》《宋书》《南齐书》《梁书》《陈书》《魏书》《北齐书》《周书》《隋书》《南史》《北史》《新唐书》《新五代史》《宋史》《辽史》《金史》《元史》合称"二十一史"。

⑧ 毛西河：即毛奇龄，清初经学家、文学家，与弟毛万龄并称为"江东二毛"。原名甡，又名初晴，字大可，又字于一、齐于，号秋晴，又号初晴、晚晴等，萧山城厢镇（今属浙江杭州）人。以郡望西河，学者称"西河先生"。毛西河系明末诸生，清初参与抗清军事，流亡多年始出。康熙时荐举博学鸿词科，授检讨，充明史馆纂修官。寻假归不复出。治经史及音韵学，著述极富。所著《西河合集》分经集、史集、文集、杂著，共四百余卷。

【赏析】

人类对于自身的存在、世界的本原，有着永恒的好奇心，这种好奇心的萌芽也是很早的，屈原的《天问》就曾提出过"遂古之初，谁传道之？上下未形，何由考之？冥昭瞢暗，谁能极之？冯翼惟象，何以识之"这样的问题。对于世界的起源这一问题，中国的古人曾经用一系列创世神话来回答，比如女娲造人、女娲补天、盘古开天辟地，都属于这一类型。

盘古的传说，在多种文献中都有记载。《三五历记》云，

"天地混沌如鸡子,盘古生其中。万八千岁,天地开辟,阳清为天,阴浊为地。盘古在其中,一日九变,神于天,圣于地。天日高一丈,地日厚一丈,盘古日长一丈。如此万八千岁",认定他与天地同生,系万物之祖。而《奉行初次盘古成案》一文,是借用盘古的传说,敷衍出另一套对世界的理解。文章说清康熙间有一个叫方文木的人某次出海,意外地来到了传说中的毗骞国,该国国王长生不死,能知过去未来。但最让人惊奇的还不是毗骞国国王庞大的身材和他的神通,而是他告诉方文木世界的运转是以十二万年为一轮回,每一轮回皆以盘古之生起,而迄今已有万万余个盘古。而在每十二万年中,成败巧拙、是非功过都是在重复第一次盘古创世时的成案,丝毫不许变动。

在佩服袁枚的想象力的同时,我们也能看出来,这个故事的创意,与佛教的因果轮回说和理学家邵雍的"元会运世"说有密切的关系。佛教认为,因能造果,果能推因,而此事之果,又是彼事之因,所以"一饮一啄,莫非前定"。而邵雍认为,人类社会的发展是循环往复的过程,一个循环就是一"元",亦即十二万九千六百年。糅合了这两种观点的《奉行初次盘古成案》,其新人耳目之处并非对世界的理解本身,而是文章立意。诗讲"翻案",即用新奇巧妙的立意,推翻前人成说,从独特的角度来表达自己的观点,如杜牧的《赤壁》说"折戟沉沙铁未销，自将磨洗认前朝。东风不与周郎便，铜雀春深锁二乔"，罗隐的《西施》说"家国兴亡自有时，吴人何苦怨西施。西施若解倾吴国，越国亡来又是谁"，都是精彩的翻案之作。而此文亦可以看作小说中精彩的翻案之作。

秦毛人

湖广①郧阳房县有房山,高险幽远,四面石洞如房。多毛人,长丈余,遍体生毛,往往出山食人鸡犬,拒之者必遭攫搏②。以枪炮击之,铅子皆落地,不能伤。相传制之法,只须以手合拍,叫曰:"筑长城!筑长城!"则毛人仓皇逃去。余有世好张君名敔者,曾官其地,试之果然。土人曰:"秦时筑长城,人避入山中,岁久不死,遂成此怪。见人必问:'城修完否?'以故知其所怯而吓之。"数千年后犹畏秦法,可想见始皇之威。

【注释】

①湖广:指湖广行省。元代初置湖广行省,辖湖南、湖

北、广东、广西以及贵州大部和四川的一部分。明清两代,只辖湖南、湖北,但仍沿用了湖广这一称呼。

②攫(jué)搏:《礼记·儒行》:"鸷虫攫搏"。疏云:"以脚取之为攫,以翼击之为搏。"

【赏析】

诗有寄托,小说亦有寄托。诗中的寄托,讲究若隐若现、若即若离、语语双关,意在言外。总之,是要在含蓄之中,见出深远的用意。而小说中的寄托,则不求含蓄,甚至会通过对人物、情节的描述,将用意点透,《秦毛人》就是如此。

秦始皇王天下,既有统一六合、轨辙四海的丰功伟绩,也因焚书坑儒、横征暴敛的恶行而渐失民心。至于秦二世,更是变本加厉,天下汹汹。所以秦之基业,二世而绝,那千秋万世的美梦,不过是镜花水月罢了。

秦朝的统治只持续了十多年,但是秦朝严刑苛法的恶名,却是数千年不绝。陶渊明的名作《桃花源记》,构建了一个与外界隔绝、"黄发垂髫,并怡然自乐"的理想世界。这个理想世界的由来,就是因为其先人避秦时乱,"率妻子邑人来此绝境,不复出焉,遂与外人间隔。问今是何世,乃不知有汉,无论魏晋"。

由此,"避秦"成为一个专有名词,代指躲避暴政和战乱。秦可避否?《桃花源记》讲述了"避秦"故事的理想版本:虽然天下多故，但天地之大，尚有一片小民可以安居乐业的立锥之地。而《秦毛人》则讲述了"避秦"故事的悲惨版本：暴政不仅会剥夺小民的生存空间，而且会给他们造成严重的心理创伤，千年不绝。真可谓覆巢之下，焉有完卵。

请看，《秦毛人》中说湖广郧阳房县房山有一种怪物，该怪物一怪在体态，身高三米多，浑身是毛；二怪在习性，好食鸡犬，且生性凶猛；三怪在生理构造，铜头铁臂，枪炮也不能伤其分毫。但如此强悍的怪物，制住它的方法意想不到的简单：只要对它大喊"筑长城"，它就会仓皇逃走。

何以如此？悬念揭开，原来这怪物原是秦朝的平民，为了逃避筑长城的苦役逃入山中，化成了怪物。而从秦朝到清朝，过了近两千年的时间，虽然它的身体之强健，远胜于当年为人时，心灵却依旧带有旧时的创伤，以至于一听"筑长城"，就吓得仓皇逃窜了。

修建长城的差事，真的如此可怕吗？陈琳《饮马长城窟行》写道："生男慎莫举，生女哺用脯。君独不见长城下，死人骸骨相撑拄"——因为修建长城，征夫死伤无数，白骨成堆，无人收殓，导致民间愁云愁雾，甚至于有生了男孩都不想养育的念头。

读《秦毛人》的故事，我们很容易明白作者的寄托所在：苛政猛于虎，"筑长城"之骇人，猛于秦毛人之凶悍。读者对秦毛人，则始而畏惧，继而莞尔，再而怜悯。而为政者读此篇，更应反躬自省，勿蹈前辙，使民众安居乐业，秦毛人之类，方能绝于世。

人虾

国初,有前明逸老某欲殉难,而不肯死于刀绳水火。念乐死莫如信陵君①,以醇酒妇人自戕。仿而为之,多娶姬妾,终日荒淫。如是数年,卒不得死,但督脉②断矣,头弯背驼,伛偻如熟虾,匍匐而行。人戏呼之曰"人虾"。如是者二十余年,八十四岁方死。王子坚先生言幼时犹见此翁。

【注释】

① 信陵君:即魏无忌,魏国公子,与春申君黄歇、孟尝君田文、平原君赵胜并称为"战国四公子"。当魏国衰微之时,信陵君礼贤下士,养士数千人,自成势力。曾经两度击败秦军,分别挽救了赵国和魏国危局。但屡遭魏安釐王猜忌而未被予以

重任。前243年,魏无忌因伤于酒色而死。十八年后,魏国为秦所灭。

② 督脉:中医学名词,奇经八脉之一。身后之中脉为督脉。

【赏析】

《人虾》一文,讲述了一位贪生怕死、贻笑大方的前明逸老的故事:国破后,他本欲殉国,但因怕死而不敢为之,反而效仿信陵君,欲耽溺于酒色以"求死"。这种生活,他过了二十余年,其间督脉断绝,"伛偻如熟虾",八十四岁方死。

从题材看,这篇故事好像属于志怪小说中的"逸闻"类,即讲述民间流传的奇趣故事。但熟悉明季史实者,会发现"逸闻"只是一层外衣,袁枚写这篇文章的真实目的,在于讽刺和影射。故事中说的"前明逸老",所影射的多半是钱谦益。

钱谦益,字受之,号牧斋,本是明朝名士。他在万历三十八年中探花,后来官至礼部侍郎,为东林党的领袖。他六十岁时,娶了比自己小三十六岁的秦淮名妓柳如是,轰动一时。柳如是虽然青楼出身,但才华气节,均有过人之处。其诗"大抵西泠寒食路,桃花得气美人中",传颂一时。明亡,士大夫多有以身相殉者,钱谦益也和柳如是相约投湖殉国,可事到临头,钱谦益却说"水太冷,不能下",而柳如是"奋身欲沉池水中",

被钱谦益救回。

后来，清朝立国，钱谦益仕清，做的也是礼部侍郎。做贰臣，历来都是箭靶子，皇帝不信任，同僚看不上，后人也不会宽宥。史敦《恸余杂记》记载：清廷下令剃头，一日，钱谦益忽然说头皮痒得厉害，出门而去，家人以为他去用篦子篦发。不一会儿，却见他剃了头、留着辫子进来了。这个故事里的钱谦益，和袁枚《人虾》一文里的逸老，一般的软骨苟且。《人虾》中的逸老，口称殉国而沉迷声色，气节全无，甚至二十年来都是匍匐而行，尊严扫地。现实中，钱谦益也是"不肯死于刀绳水火"，也是明亡后二十年方死，两相对照，不难看出袁枚对钱谦益辛辣的讽刺。

然而，钱谦益真的如文中所说，是安于苟且、全无心肝之人吗？恐怕不然。他仕清后不久就告病辞官，顺治四年到顺治十七年间，他一直与东南反清势力暗中联络，力图复明。后来反清失败，他在《后秋兴》一百零四首中，抒写了自己的忧思孤愤。有句云"忍看末运三辰促，苦恨孤臣一死迟。惆怅杜鹃非越鸟，南枝无复旧君思"，以"孤臣"自许，不无黍离之悲，甚至自恨当时未曾殉国。尤其是《后秋兴》之十三其二，更是血泪盈纸，诗云："海角崖山一线斜，从今也不属中华。更无鱼腹捐躯地，况有龙涎泛海槎。望断关河非汉帜，吹残日月是胡笳。嫦娥老大无归处，独倚银轮哭桂花。"尾联的"嫦娥"，不由得让人联想起李商隐笔下的《嫦娥》,"嫦娥应悔偷灵药,碧海青天夜夜心",大错铸成,无可挽回,只有无尽的悔恨和幽怨。钱谦益的懦和怯,自然不值得传颂,但他的悔和忏,也不应一笔抹杀。

门夹鬼腿

尹月恒住杭州艮山门外，自沙河滩归，怀菱半斤。路经钵盂潭，人稀地旷，有义冢数堆，觉怀内轻松，探所买菱，已失去矣。因转身寻至义冢①，见菱肉剖碎，并聚冢尖。尹复拾至怀内，跟跄归家。食未竟而病大作，喊云："吾等不尝菱肉久矣！欲借以解宿馋。汝必尽数取回，何吝啬若是？今吾等至汝家，非饱食不去。"其家惧，即供饭为主人赎罪。杭俗例：凡送鬼者，前人送出门，后人把门闭。其家循此例，闭门过急，尹复大声云："汝请客当恭敬。今吾等犹未走，而汝门骤闭，夹坏我腿，痛苦难禁。非再大烹请我，则吾永不出汝门矣。"因复祈禳②，尹病稍安。然旋好旋发不脱体，卒以此亡。

【注释】

① 义冢：旧时收埋无主尸骸的墓地。
② 祈禳（qí ráng）：祈即祈祷，指祷告神明以求平息灾祸、福庆延长；禳又称禳灾、禳解，指行法术解除面临的灾难。

【赏析】

在志怪故事中，鬼大多是凶狠、强大而难以捉摸的。这是因为鬼作为人类幻想的产物，寄托了人对于死亡的畏惧和对于不可知事物的惶恐。但是在《子不语》的鬼故事中，却充满了对"鬼"的刻板印象的解构，这篇《门夹鬼腿》就是一个典型。

这篇文章写的不是一个鬼，而是一群鬼。这群鬼既贪吃得可爱，又蛮横得可憎。君不见，他们之所以与尹月恒结仇，是因为觊觎他的菱角。鬼用法力偷来，他却还要拾回去。鬼们不管是自己理亏在先，反而强词夺理："吾等不尝菱肉久矣！欲借以解宿馋。汝必尽数取回，何吝啬若是？"言下之意，大胆狂徒，竟敢不依例让我等三分，如今定要让你更加吃亏。于是借机到尹家大吃大喝。本来，尹家恭敬供饭，本拟饭后送走这几位菩萨，消了这桩祸端。谁知就是送客时太心急了一些，又给鬼们提供了继续勒索的口实。这次的借口，委实可笑："汝请客当恭敬。今吾等犹未走，而汝门骤闭，夹坏我腿，痛苦难禁。

非再大烹请我,则吾永不出汝门矣。"

鬼之所以让人害怕,多半因为它的神秘和不可知。当人们视他们为异界之物时,幻想时的隔阂便会生出无穷恐怖。但袁枚解构后的鬼,却不过是人的另一种形态——同样有贪欲,同样世俗,同样有弱点。世上如果真有鬼,恐怕还是应该更像袁枚的刻画吧?

老妪变狼

广东崖州农民孙姓者,家有母,年七十余。忽两臂生毛,渐至腹背,再至于掌,皆长寸余;身渐伛偻,尻^①后尾生。一日,仆地化作白狼,冲门而去。家人无奈何,听其所之。每隔一月,或半月,必还家视其子孙,照常饮啖。邻里恶之,欲持刀箭杀之。其子妇乃买豚^②蹄,俟其再至,嘱曰:"婆婆享此,以后不必再来。我辈儿孙深知婆婆思家,无恶意,彼邻居人那能知道?倘以刀箭相伤,则做儿媳者心上如何忍得?"言毕,狼哀号良久,环视各处,然后走出。自后,竟不来矣。

【注释】

① 尻(kāo):屁股。

② 豚：泛指猪。

【赏析】

1912年，奥地利作家卡夫卡创作出后来享誉世界的短篇小说《变形记》。小说写小职员格里高一觉醒来，发现自己变成了一只巨大的甲虫，由此引发出一系列矛盾冲突和小人物的悲剧。拥有甲虫的身躯，却依然保持人类的意识，是格里高悲剧的由来。阅读这篇小说，我们自然明白卡夫卡是通过"变形"这一超现实的构想，写现实中命运被置于无奈境地时的荒诞感，虽是象征的写法，却让读者心有戚戚焉。

而在一百多年前，袁枚在《子不语》中也写了一个情节相类的故事，只是篇幅稍短。格里高变而为甲虫，农妇则忽然体生毛、尻生尾，变而为狼。虽然变成了狼，有了野生动物的生活习性，却仍然保持着人类的意识，间或归家看望子孙，以解思念之苦。回到家中，也如人般饮食，与往常无异。但邻居却容不下她，欲杀之而后快。所以待她再来时，她的儿媳准备了一顿告别饭，嘱咐她"不必再来"，以免为刀箭所伤。听了此言，"狼哀号良久，环视各处，然后走出"，永不再来。

格里高变甲虫之后，其家人并未以变化本身为大异，但却忍受不了随之而来的生活变化，疏远、隔阂、冷漠随之而生。农妇变狼后，虽然还能被家人所谅解，但邻居却容她不得。兽身未必真的无坚能摧,而人心若冷硬起来,却是无坚不摧的。但无论是格里高的家人,还是农妇的邻居,都不是特意为恶,其隔离、冷漠和防备,都是出于正常的人性。一种人性,能摧伤另一种人性,这才是真正的悲剧意蕴。

冷秋江

乾隆十年,镇江程姓者,抱布为业,夜从象山归。过山脚,荒冢累累,有小儿从草中出,牵其衣。程知为鬼,呵之,不去。未几,又一小儿出,执其手。前小儿牵其西,西皆墙也,墙上簇簇然黑影成群,以泥掷之;后小儿牵往东,东亦墙也,墙上啾啾然鬼声成群,以沙撒之。程无可奈何,听其牵曳。东鬼西鬼始而嘲笑,继而喧争,程不胜其苦,仆于泥中,自分①必死。忽群鬼呼曰:"冷相公至矣!此人读书,迂腐可憎,须避之。"果见一丈夫,魁肩昂背,高步阔视,持大扇击手作拍板,口唱"大江东",于于然来,群鬼尽散。其人俯视程,笑曰:"汝为邪鬼弄耶!吾救汝。汝可随吾而行。"程起从之,其人高唱不绝。行数里,天渐明,谓程曰:"近汝家矣,吾去矣。"程叩谢问姓名,曰:"吾冷秋江也,住东门十字街。"

程还家,口鼻窍青泥俱满。家人为熏沐毕,即往东门谢冷姓者,杳无其人。至十字街问左右邻,曰:"冷姓有祠堂,其中供一木主[2],名嵋,乃顺治初年秀才。秋江者,其号也。"

【注释】

① 自分:自料、自以为。

② 木主:木制的神位。上书死者姓名以供祭祀。又称神主、牌位。

【赏析】

俗谚云:"夜路走多了,总会遇到鬼。"《冷秋江》写程某夜行遇鬼,算是志怪小说中的寻常写法,并不为奇。他碰到的鬼非止一只,初为"一小儿",后来鬼数甚众——"墙上簇簇然黑影成群",鬼将其东拉西扯,玩弄于股掌之上,在程某自伤必死之时,忽然来了打抱不平者。此人的出场,是用群鬼的反应来衬托的——群鬼先是惊呼,继而一哄而散,可见此人在他们的心中大有威严,不同凡响。此人即冷秋江。冷秋江身形魁梧,气概过人,胸有侠气,施恩不望报,如此异士,是纵横的侠客,还是下凡的仙人?

悬念在最后揭开了:程某根据冷秋江所说的住处地址前往致谢,然而并未找到他,只听左右邻舍说"冷姓有祠堂,其中供一木主,名媚,乃顺治初年秀才。秋江者,其号也",由此方知,冷秋江者,亦鬼也。

志怪小说写线索人物遇到另一神秘人物,与之发生故事——多半是爱情故事,最后二人分别,线索人物根据后者给出的一星半点信息进行寻觅,寻觅的结果为发现对方的身份是鬼,这样的写法并不太新奇。但是此文却糅合了另一种模式:线索人物遇到危难,千钧一发之时有神秘人物出手相救,神秘人物事了拂衣去,深藏身与名,而线索人物后来机缘巧合,得知对方为仙。袁枚写此文,是用后一种模式有意误导读者,而故事的结尾,又采取了前一种模式的结局。

更有意思的是文中写到冷秋江的出场,"果见一丈夫,魋肩昂背,高步阔视,持大扇击手作拍板,口唱'大江东',于于然来",后来又"高唱不绝"。袁枚写冷秋江此类形状,是有出典的。南宋俞文豹的《吹剑续录》记载:东坡在玉堂,有幕士善讴,因问:"我词比柳词何如?"对曰:"柳郎中词,只好十七八女孩儿,执红牙拍板,唱'杨柳岸,晓风残月';学士词须关西大汉,执铁板唱'大江东去'。"公为之绝倒。

这段比较柳词和苏词的文字,是词史的重要资料,往往被作为苏轼以诗为词或词的豪放婉约之分的论据。不过,幕士的譬喻虽巧,却只在设想,并未付诸实践。数百年后,袁枚在《子不语》中构筑的这一义鬼形象,却应和了幕士的这一譬喻,冷秋江者,可谓苏轼知音。

纥之值殿将军

天台僧智果好游，山行迷路，至大石洞。坐一道者，萝衣薜裳。僧跪而请曰："某幸遇仙人，愿受教。"道者曰："予，人也，非仙也，子来胡为？"僧曰："某入山已数日，腹枵①甚，敢有云浆之请。"道者曰："子姑待，吾往后山觅之。"去有顷，携一物来，状轮囷②而色鲜白。道者破之，自吸其浆，以其余授僧，曰："此千年茯苓③也。"因令僧坐，问："岳飞将军安否？秦桧死否？"僧曰："此宋朝事也，今易代数百年为大清矣。"因告以《宋史》所载岳事颠末。道者惨然曰："岳将军终不免乎！"遂大哭，曰："吾姓周，名通，岳将军麾下小将也。当秦桧以金牌召岳时，我知有难，遂逃于此，食灵草得不死。我师教勿出洞,出洞即死。汝宜速出,迟恐无及。"僧惧,拜辞而行。

路甚纡曲,备历险阻。忽望崖上坐一巨人,长丈余,遍体绿毛如翠锦,骇而奔还告道者。道者曰:"此予师商高④,纣王之值殿将军也,为飞廉、恶来⑤所潛⑥,避居此山。性好食野兽,故其状与人异。子往拜祈,兼可问商代事。"僧故蠢野,无所记忆。见巨人礼拜毕,便问纣宠妲己事。巨人曰:"汝误矣,妲者,南宫女官之称;己戊者,女官之行次。女官非止一人也,汝所问何妃?"僧不能答,又问文王受命事。曰:"吾不知文王为何人,或是西方诸侯姬昌耶?其人事纣甚恭,并无称王之事。"因问:"汝所问者,何人告汝?"曰:"书上云云。"巨人问:"何物为书?"僧手作书状示之。巨人笑曰:"我当时尚无此物。"言毕,以一臂搂僧行如飞,置之平地,拱手而别,已在天台郊外矣。

【注释】

① 枵(xiāo):空虚。

② 轮囷(qūn):屈曲盘绕的样子。左思《吴都赋》:"重葩殗叶,轮囷蚪蟠。"

③ 茯苓:中药名。别名云苓、白茯苓。寄生在松树根上的

一种块状菌,皮黑色,有皱纹,内部白色或粉红色,包含松根的叫茯神,都可入药。

④ 商高:西周初数学家,约与周公旦同时。据《周髀算经》记载,商高发现了勾股定理的一个特例:勾三,股四,弦五。此发现早于毕达哥拉斯定理五百到六百年。

⑤ 飞廉、恶来:飞廉,一作"蜚廉",古代人物,黄帝孙子颛顼的后裔。恶来,一作"恶来革",商纣王的大臣,飞廉之子,以勇力而闻名。武王伐纣之时,他被周武王处死。飞廉和恶来是春秋战国时期秦国君主的祖先,恶来是秦始皇的第三十五世祖、秦国第一代国君秦非子的五世祖。

⑥ 谮(zèn):诬陷,中伤。

【赏析】

志怪小说中有一个重要的母题——游仙故事:凡人误入一座名山大川,至一荒僻之境,忽遇异人,或冰肌玉骨、餐风饮露,或羽衣霓裳、凤筛龙车,由此而有种种奇遇。然而仙界不能久驻,往往是惊鸿一瞥之后,不得不返归人世。

游仙故事有很多子型,有的是人仙姻缘的爱情故事,有的是如周穆王见西王母之类的异闻故事,有的是如刘晨、阮肇入天台山一般的沧海桑田故事。而《纣之值殿将军》就属于遇仙异闻故事。智果所游的天台山,即刘晨、阮肇遇仙女之天台山。

而他在这里遇到的修道者，"萝衣薜裳"，显然并非常人。但询问之下他发现，对方并非寻常意义上的仙人，而是避世不死的古人，岳飞麾下小将周通是也。岳飞抗金，本是所向披靡，但正因其风头太劲，反而被不愿迎回徽钦二宗的宋高宗所忌，最后被诬而死。周通自称在岳飞受诏回师之前，见势不好，逃入山中，食灵草而得长生。

他提到的"我师"何许人也？用智果的视角来看，是"一巨人，长丈余，遍体绿毛如翠锦"，与读者心目中的世外高人形象相去甚远。身份揭开，更让人诧异：原来他本来也是凡人，乃纣王之值殿将军，因被人谗言迫害，所以入山避难。他离开时，文王尚恭谨臣事纣王，也无世人所谓之红颜祸水妲己的存在，书籍更远未被发明出来。

这篇故事，并非只是一个炫奇的故事。正如陶渊明的《桃花源记》，那理想国桃源从何而来？安居乐业的田园图景，起始于当年远避暴秦时的流离失所。在这里，萝衣薜裳的世外高人，曾经在无道之君手中险些丧命，而有飞腾之能的异人，同样也是避谗而隐居，且数千年不敢出。陶渊明隐居之后，曾作过一篇夫子自道的《五柳先生传》，写五柳先生不慕荣利，悠然自乐，"衔觞赋诗，以乐其志，无怀氏之民欤？葛天氏之民欤？"看了《纣之值殿将军》一文，我们不禁要担忧，恐怕无怀氏之民、葛天氏之民，也有我们不能想象的苦难。

李百年

　　无锡张塘桥华协权者，与好事数人设乩盘于家。其降鸾者曰仲山王问。仲山，故明进士，锡之闻人也。众因与酬答，出语蹇涩，诗亦不甚韵，每召辄至。时华方构一楼，请仙题其扁。仙曰："无锡秦园有扁曰'聊逍遥兮容与'①，此可用乎？"众疑此语出屈子，而必曰秦园，不似仲山语也。

　　一日者，与众答问方欢，忽书："吾欲去矣。"问："何之？"曰："钱汝霖家见招赴席。"乩遂寂然。钱汝霖者，亦里中人，所居去张塘桥不二三里，众因怪而侦之，则是日以病故祷神也。

　　明日，仙复至，华因问："昨夜饮钱家乎？"曰：

"然。""盛馔②乎？"曰："颇佳。"众嘲之曰："钱乃祷神，非请仙也，所请者城隍③土地之属，岂有高人王仲山而往赴席乎？"仙语塞，乃曰："吾非王仲山，乃山东李百年耳。"问："百年何人？"曰："吾于康熙年间在此贩棉花，死不得归，魂附张塘桥庵。庵有无主魂，与我共十三人，皆无罪孽，无羁束。里中之祷者，皆吾辈享之。"华曰："所祷城隍诸神，俱有主名，若既无名，何得参与其间？"曰："城隍诸神岂轻向人家饮食？所祷者都是虚设。故吾辈得而享焉。"华曰："无名冒食，天帝知之，恐加罪，奈何？"曰："天上岂知有祷乎，是皆愚民习俗之所为。即鬼祟索食，间或有之，究无关于生死也。况我非索之，而彼自设之，而我享之，何忤于天帝？即君家茶酒，亦非我索之也。"曰："既如此，子何必托名于王仲山耶？"曰："君家檐头神执符来请，彼不敢上请真仙，所请者皆我辈也。十三人中，惟我稍识几字，故聊以应命。使直书姓名曰'李百年'，君等肯尊奉我乎？我见此处人家扁额多仲山王问书，知为名人，故托其名来耳。"问："'聊逍遥兮容与'六字何出？"曰："吾但于秦家园见之，不知所出。道听涂说，见笑大方矣。"华曰："子既无羁束，何不归山东？"曰："关津桥梁，是处有神，非钱不得辄过。"

华曰:"吾今以一陌④纸钱送汝归,何如?"曰:"唯唯,谢谢。既见惠,须更以一陌酬于桥神,不然,仍不获拜赐也。"

时华之侄某在旁曰:"吾早暮过桥上,汝得无祟我乎!"曰:"顷吾言之矣,鬼安能为祟?"于是焚楮锭⑤送之,而毁其乩焉。

【注释】

① 聊逍遥兮容与:语出屈原《九歌》。

② 盛馔:丰盛的饮食。

③ 城隍:中国宗教文化中普遍崇祀的重要神祇之一,是冥界的地方官,产生于古代儒教祭祀而经道教演衍的地方守护神。城隍在明清以后,成为一个神的官职,而不是一尊神明。都城隍为省级行政区所奉祀,相当于阳间的巡抚。府城隍相当于阳间的知府,县城隍相当于阳间的县令。各地的城隍由不同的人出任,甚至是由当地的老百姓自行选出,选择的标准是殉国而死的忠烈之士,或是符合儒家标准正直聪明的历史人物。

④ 一陌:旧时一百纸钱之称。亦泛指一串纸钱。元代王子一《误入桃源》第三折:"今日当村众父老在我家赛牛王社,烧一陌纸,祈保各家平安。"

⑤ 楮(chǔ)锭:纸锭。

【赏析】

扶乩，作为民间所流行的神秘仪式，拥有众多的信徒。扶乩最初的功用是用来占卜吉凶。虽然以今人的眼光看来，这种具有怪力乱神色彩的仪式无疑有点荒诞，但是古人相信，通过扶乩，真的能够请来神灵，获得神秘的启示。而在文人阶层，扶乩的仪式又多了一重功能：将所请到的乩仙作为文友，与之进行诗词酬唱。这本是一桩风雅之事，而《李百年》一文，却是就此做出反面文章，颇有新意。

无锡人华协权好扶乩，某次请来的乩仙为鬼，自称为王仲山。王仲山是明末进士，系无锡名人。但久而久之，华氏却对这位自称"王仲山"的鬼的身份产生了怀疑。证据一：他写诗出言鄙俗，下笔无文，颇不符其进士身份。证据二：他竟不知"聊逍遥兮容与"出自屈原的《九歌》。证据三：他有打秋风之好，似乎缺少作为文人的矜持。

果然，在华氏有理有据的质疑之下，"乩仙"坦白道，自己并非王仲山，而是山东无名鬼李百年。由此，华氏与李百年进行了一场类似于"鬼界揭秘"的对话。据称，此间像他一样的无羁束、无冤辜的亡魂共有十三名，本地的禳神、扶乩等仪式，皆被他们冒名享用。而当华氏问及此举是否会招致天谴时，李百年答道："天上岂知有祷乎，是皆愚民习俗之所为。即鬼祟索食,间或有之,究无关于生死也。况我非索之,而彼自设之,而我享之,何忤于天帝?"很明显,这是袁枚借着小说人物之口,表达自己对民间祷神仪式的看法,他并不否认神佛的存在,但认为民间愚夫愚妇所信的乩仙、城隍等"神",大多是鬼冒名顶替,名不副实。他在《成神不必贤人》一文中,同样借鬼之口,说"世上观音、关帝,皆鬼冒充",也是秉持类似的观点。

读《子不语》,我们会发现一个有趣的现象:在袁枚的笔下,神鬼世界既不是神圣不可及的,也不是恐怖的、异化的。它其实更像是人类世界的另一种表现形式。虽然鬼神各有神通、各有因果,但他们的心性、欲望、行为方式,无一不像人。所以,在这一世界里,既有伟岸的英雄,也有豁达的侠士,既有逍遥的隐士,也有促狭的俗人。所以,招摇撞骗、名不副实的,也大有"人"在。譬如李百年,就是一个鬼骗,但他的面目并不可憎,反而还有些可爱,也许这正是因为,他并不像人们想象中的阴森恐怖之鬼,而更像一个有血有肉之人。

医妒

轩辕孝廉,常州人,年三十无子,妻张氏奇妒,孝廉畏如虎,不敢置妾。其座主①马学士某怜之,赠以一姬。张氏怒,以为干我家事,我亦设计扰其家。会学士丧偶,张访得某村女世以悍闻,乃贿媒妪说马娶为夫人。马知其意,欣然往聘。

婚之日,妆奁②中有五色棒一条,上书"三世传家捣稿砧"者也。合卺③毕,群姬拜见。夫人问:"若辈何人?"曰:"妾也。"夫人叱曰:"安有堂堂学士家而有礼当置妾者乎?"即棒群姬。马命群姬夺其棒,齐殴之。夫人力不胜,逃入房,骂且哭。群姬各击锣鼓乱其声,如无闻焉者。夫人不得已,扬言将自尽,则侍者备一刀一绳,曰："老爷久知夫人将有此举，故备此不堪之物奉赠。"已而群姬各敲木鱼诵往生咒，愿夫人早升仙界，声嘈嘈然。夫人寻死之说，又如无闻焉者。夫人故女豪，自分虚疑恫喝，计已尽施，无益，乃转嗔作喜，请学士入，正色曰："君真丈夫也，我服矣。我所行诸策，亦祖奶奶家传，吓世间妄庸男子，非所以待君。嗣后请改事君，君亦宜待我以礼。"学士曰："能如是乎，夫复何言！"即重行交拜礼，命群姬谢罪叩头，并取田房帐簿，一切金币珠翠，尽交夫人主裁。一月之间，马氏家政肃雍，内外无闲言。

张氏于学士成亲日，即使人往探，召而问之，闻见群妾矣。曰："何不棒之？"曰："斗败矣。"曰："何不骂且哭？"曰："锣鼓声喧无所闻。"曰："何不寻死？"曰："早备刀绳，且诵往生咒送行矣。""然则夫人如何？"曰："已服礼投降。"张大怒，骂曰："天下有如此不中用妇人乎？殊误乃娘事！"

初，学士赠姬时，群门生具羊酒往贺轩辕生，有平素酗酒者与焉。饮方酣，张氏自屏后骂客。客皆隐忍，酗酒者直前握张氏发，批其颊曰："汝敬轩辕兄，是我嫂也；汝不敬轩辕兄，是我仇也。门生无子，老师赠妾，为汝家祖宗三代计耳！我今为汝家祖宗三代治汝，敢多一言者，死我拳下！"群客争前攘劝，始得脱，然裙裂衣损，几露其私焉。张素号牝④夜叉，一旦凶威大损，愈恨马学士，计惟毒苦其所赠姬以抒愤。而姬阴受学士教，一味顺从，虽进门，不与轩辕生交一言，以故张虽笞詈⑤屡加，未忍致之于死。

居亡何，学士手百金赠轩辕生曰："明春将会试，生宜持此盘费早入都。"

生以为然，归辞张氏。张氏虑其居家狎妾，喜而许之。生甫登舟，马遣人迎至家，扃后园中读书，而阴遣媒妪说张氏："趁轩辕生外出，盍卖其妾？"张曰："此吾心也。然卖必远方，方无后患。"妪曰："易，易。"俄而，有陕西卖布客丑且胡，背负三百金来，呼姬出见，喝彩不已，即成交易。张氏余怒未消，褫⑥其衫履，一簪不得着身。姬乘竹轿过北桥，大呼："我不远出。"跳身河中，学士早备小舟，迎至园，与轩辕生同室矣。张氏闻姬投河死，方惊疑，而陕客已踢门入曰："我买人非买鬼。汝家卖妾，未曾说明，何得逼良为贱，欺我异方人？速还我银！"怒且骂。张氏无以答，畀⑦原银三百两去。

越一日，有白发蓝缕男妇两老人号哭来曰："马学士将我女赠汝家为妾,女今安在?生还我人,死还我尸!"张氏无以答,则撞头拼命,打碗掷盘,满屋无完物矣。张苦求邻佑,赠以财帛,劝解去。

又一日,武进县捕役四五人,狞狞然持朱字牌来,曰:"事关人命,请犯妇张氏作速上堂。"投铁链几上,鉴然有声。张问故,初犹不言,以银贿之,方言:"某姬之父母在县告身死不明事也。"张愈恐,私念:我丈夫在家,则一切事让他抵当,何至累我一妇人出乖露丑,堂上受讯耶?方深悔从前待夫之薄,御妾之暴,行事之误,女身之无用。自怨自恨间,忽有戴白帽跟跄奔呼而至者曰:"轩辕相公到芦沟桥,暴病死矣!我骡夫也,故来报信。"张氏大恸,不能言。诸捕役曰:"他家有丧事,我辈且去。"张氏成服治丧。未数日,捕役又至。张氏乃招讼师谋缓其狱,典妆奁、卖屋,贿书差捺搁此案。讼事小停,家已荡然,日食不周矣。

前媒妪又来曰:"夫人一苦至此,又无公子可守,奈何?"张心动,取生年月日命瞎姑算之。瞎姑曰:"命犯重夫,穿金戴珠。"张氏语媒妪曰:"改嫁命也,我敢违命乎!但我自行主婚,必须我先一见所嫁者而后可。"妪引一美少年盛饰与观,曰:"此某公子也,候选员外郎。"张大喜，摒挡⑧衣饰，未满七七，即嫁少年。

方合卺，忽房内一丑妇持大棒出，骂曰："我正妻大奶奶也。汝何处贱婢，敢来我家为妾？我断不容！"直前痛殴之。张悔被媒绐⑨，又私念"此是我当日待妾光景，何乃一旦身受此惨，报复之巧，殆天意耶？"饮泣不能声。诸宾朋上前劝丑妇去曰："且让郎君今日成亲，有话明日再说。"于是诸少年秉花烛引张氏入卧室。

甫揭帘，见轩辕生高坐床上，大惊，以为前夫显魂，晕绝于地，哭诉曰："非我负君，实不得已也。"轩辕生笑摇手曰："勿怕，勿怕，两嫁还是一嫁。"

抱上床，告以自始至终中马老师之计。张初犹不信，继而大悟，且恨且惭。于是修德改行，卒与某村妇同为贤妻。

【注释】

① 座主：汉代实行察举制，被举荐者自称"门生"，称举荐者为"座主"，亦称"座师"，后隋唐实行科举制，进士亦尊称主考官为座主，明、清沿用了这一说法。

② 妆奁（lián）：女子梳妆用的镜匣，代指嫁妆。

③ 合卺（jǐn）：一种古老的汉族民俗，传统婚礼仪式之一。即新婚夫妇在新房内共饮合欢酒。本用匏（葫芦）一剖为二，

柄相连，以之盛酒，夫妇共饮，表示从此成为一体，名为"合卺"。后世改用杯盏，乃称"交杯酒"。后泛指结婚。

④ 牝（pìn）：雌性的鸟兽，亦泛指雌性。

⑤ 笞詈（lì）：笞，用鞭杖或竹板打；詈，用恶语骂人。

⑥ 褫（chǐ）：剥夺，脱去。

⑦ 畀（bì）：给予。

⑧ 摒（bìng）挡：除去。

⑨ 绐（dài）：古同"诒"，欺骗；欺诈。

【赏析】

实行宗法制、社会形态为农业社会的古代中国，因为社会制度、文化环境等原因，男女地位极其不平等。相对女性，男性在家庭、宗族、社会之中具有强大的特权，在伦常允许的范围内，他们可以相对自由地受教育、工作、选择婚姻伴侣，但女性的世界则十分狭隘，甚至在大多数时候，她们只是作为男性的附属品而存在。社会文化认为，女性的唯一价值在于她们充任男性的伴侣，并能胜任这一工作。具体的表现为嫁人后成为贤妻，承担家中一切日常事务，同时支持或容忍丈夫的一切合理或不合理的行为；如若丈夫去世，最好殉节，如不殉节，也最好不改嫁。总之，社会给女性的天地只有如许大，符合要求的成为贤妻贞妇，不符合要求的，则称之为荡妇或妒妇，成为各种文学作品嘲讽、贬斥的对象。

妒妇形象，在文学作品中出现得不算少。比如苏轼《寄吴德仁兼简陈季常》所写的"河东狮吼"、吴炳的《疗妒羹》，以及蒲松龄《聊斋志异》中的各色妒妇。嫉妒，位列"七出"之一，被视为女性品性的重大缺陷，与此同时，"妒妇"本人的情志皆被一笔抹杀，只因心怀"嫉妒"，被视为不贤之人，其种种行状，都成为被嘲讽贬斥的对象。

《医妒》一文，就是在这种立场下写就的妒妇故事。轩辕孝廉之妻张氏奇妒无比，轩辕孝廉因此不敢娶妾，而其座主马学士赠其一妾，由此张氏与马学士结下了梁子。张氏想要整治这位"干我家事"的人，而马学士则想整治这妒妇。第一回合：张氏遣人做媒，将某悍女说与马学士。马学士知其意，将计就计。悍女到马学士家之后，使出了一哭二闹三上吊的传统招式，但马学士授命众姬妾将计就计，使其无计可施，最后她认清形势，也变悍为贤，被马学士制服。第二回合：马学士赠金轩辕孝廉，裨其入京赶考，又暗中遣人游说张氏，建议她将轩辕孝廉之妾卖与他人。张氏落入彀中，卖出其妾。而马学士又暗中导演了一出其妾"投水而死"的戏，使得张氏一方面遭买主追讨，一方面遭妾的父母的诉讼，焦头烂额，追悔不已。第三回合，马学士假传轩辕孝廉的死讯，又遣媒劝张氏改嫁，并为其说了一门看似十全十美的亲事。等到张氏"改嫁"之日，合卺之后,命人假装新夫之正妻,鞭笞凌辱,一如当日张氏待其夫之妾之情状。当张氏自怜自伤、亦复内愧时,又见到"新夫"即故夫。由此恐惧、羞愧、后悔,种种感触齐上心头,弄清原委之后,竟然"修德改行,卒与某村妇同为贤妻"。

如果我们站在赞同马学士的立场,品鉴他的作为,会觉得他的手段既高明,又别出心裁。且"医妒"一事,古来为难,因为这是人素来的脾性,自难改变。但是他"妙手回春",既治行,又治心,可谓"良医"。

但是,如果我们跳出历史的局限,站在人性的立场,会发现"妒妇"张氏那些被作者讽刺否定的"妒行",实有其合理性,比如不愿其夫娶妾、不愿其夫与狐朋狗友交往、不甘为妾等。但如果我们将之视为"妒妇"、抹杀其情志的存在,如何能够体会到这些?比如轩辕孝廉之友云:"汝敬轩辕兄,是我嫂也;汝不敬轩辕兄,是我仇也。门生无子,老师赠妾,为汝家祖宗三代计耳!我今为汝家祖宗三代治汝,敢多一言者,死我拳下",看似大义凛然,其实不过是男权的宣言而已。所以,古代的"妒妇"故事,虽然素来被古人作为"段子"读,似乎充满"妙趣",但其实里面少不了女性的血泪。

蜈蚣吐丹

余舅氏章升扶,过温州雁荡山,日方午,独行涧中。忽东北有腥风扑鼻而至,一蟒蛇长数丈,腾空奔迅,其行如箭,若有所避者,后有五六尺长紫金色一蜈蚣逐之。蛇跃入溪中,蜈蚣不能入水,乃舞踔①其群脚,飒飒②作声,以须钳掉水。良久,口吐一红丸如血色,落水中。少顷,水如沸汤,热气上冲。蛇在水中颠扑不已,未几死矣,横浮水面。蜈蚣乃飞上蛇头,啄其脑,仍向水吸取红丸,纳口中,腾空去。

【注释】

① 踔(chuō):跳跃。

② 飒飒：形容风吹动树木枝叶等的声音。

【赏析】

金庸小说之中，有许多神奇的"毒物"，如段誉所遇的莽牯朱蛤、游坦之所遇的冰蚕等。金庸在写它们的出场时，往往使用烘托的手法。如莽牯朱蛤的出场，是用闪电貂来衬托的。闪电貂是钟灵的宠物，从小喂食以毒蛇，其齿牙有剧毒，行动又极其迅捷，故而以"闪电"为名。金庸笔下的闪电貂，似乎天下无敌，可当它遇到莽牯朱蛤之时，却威风尽丧："闪电貂见到朱蛤，似乎颇有畏缩之意，转头想逃，却又不敢逃，突然间纵身扑击。朱蛤嘴一张，江昂一声叫，一股淡淡的红雾向闪电貂喷去，闪电貂正跃在空中，给红雾喷中，当即翻身摔落，一扑而上咬住了朱蛤的背心。段誉心道：'毕竟还是貂儿厉害。'不料心中刚转过这个念头，闪电貂已仰身翻倒，四腿挺了几下，便即一动不动了。"原来，如此厉害的闪电貂，不过是衬托莽牯朱蛤的一片绿叶而已。

写到冰蚕时，衬托它的绿叶则是一条巨型蟒蛇："那蟒蛇本来气势汹汹，这时却似乎怕得要命，尽力将一颗三角大头缩到身子下面藏了起来，那水晶蚕儿迅速异常的爬上蟒蛇身子，一路向上爬行，便如一条炽热的炭火一般，在蟒蛇的脊梁上烧出了一条焦线，爬到蛇头之时，蟒蛇的长身从中裂而为二，那蚕儿钻入蟒蛇头旁的毒囊，吮吸毒液，顷刻间身子便胀大了不少，远远瞧去，就像是一个水晶瓶中装满了青紫色的汁液。"

可见，最厉害的毒物，其厉害之处，不在体型之巨大、行动之迅捷，它们往往靠着化学而非物理属性，四两拨千斤，赢得看似不可能的胜利，如此，方令读者称奇。读了《蜈蚣吐丹》这篇描写蜈蚣战蛇的文章之后，我们知道，金庸写出这些诡奇的动物角色，无疑是受过袁枚的启发。其体型强弱的对比、战势的起伏、战果的出人意料，都有异曲同工之妙。

红衣娘

刘介石太守,少事乩仙,自言任泰州分司①时,每日祈请,来者或称仙女,或称司花女,或称海外瑶姬,或称瑶台侍者。吟诗鄙俚,不成章句;说休咎②,一无所应。

署后藕花洲上有楼,相传为秦少游③故迹。一夕,登楼书符,乩忽判"红衣娘"三字。问以事,不答,但书云:"眼如鱼目彻宵悬,心似酒旗终日挂。月光照破十三楼,独自上来独自下。"太守见诗,觉异,请退。次夕复请,又书:"红衣娘来也。"太守问:"仙属何籍?诗似有怨。且十三楼非此地有也,何以见咏?"又书曰:"十三楼爱十三时,楼是楼非那得知。寄语藕花洲上客,今宵灯下是佳期。"书毕,乩动不止。太守惧,弃盘奔就寐榻,见二婢持绿纱灯,引红衣娘冉冉至矣。拔剑挥之,随手而灭。自是每夕必至,不能安寝。数月后迁居始绝。

【注释】

① 分司:明清于盐运司下设分司,为管理盐务的官员。

② 休咎:吉凶、祸福、美恶。《汉书·刘向传》:"向见《尚书·洪范》,箕子为武王陈五行阴阳休咎之应。"

③ 秦少游:秦观,北宋词人,字少游,苏门四学士之一。

【赏析】

古人好扶乩。所谓扶乩,是中国古代民间流行的一种占卜方法。扶乩要准备带有细沙或灰土的木盘,将笔固定在其上,扶乩时,有人扮演被神明附身的角色,称为乩人。乩人拿着乩笔在沙盘上写字,写出有一定意义的语句或诗词。古人相信,扶乩是一种与神明沟通的方式,人们可以通过这种方式问询吉凶前程。

刘太守扶乩,经常请来乩仙光降。往日的乩仙,诸如司花女、海外瑶姬、瑶台侍者,名头都很堂皇,却既无诗才,也无神通,让人意兴索然。但这日,则请来了一位能诗善对的乩仙"红衣娘"。她写的第一首诗,乃自明心意:"眼如鱼目彻宵具,心似酒旗终日挂。月光照破十三楼，独自上来独自下。"这首诗写自己寂寥无依，自荐枕席之意一览无余。刘太守未置可否，而红衣娘又写诗道："寄语藕花洲上客，今宵灯下是佳期"，话说到这里，意思再明白不过了。可是，一边是脉脉含情，风光旖旎；另一边却是流水无情，心胆俱裂，这故事没有变成浪漫的人仙（鬼）爱情，倒成了一幕轻喜剧。

汉人刘向的《新序》之中，记录了这样一个故事："叶公子高好龙，钩以写龙，凿以写龙，屋室雕文以写龙。于是天龙闻而下之，窥头于牖，施尾于堂。叶公见之，弃而还走，失其魂魄，五色无主。是叶公非好龙也，好夫似龙而非龙者也。"从这个故事之中，衍生出一个成语"叶公好龙"，用以形容某人号称好某事某物，但事实却未必如此。文中的刘太守，所好是扶乩，但真的请来了有才情、有风情的乩仙，他却吓得比叶公见了龙还厉害。与之相对，《聊斋志异》中，有一篇《狐梦》，在此文中，蒲松龄称其友人毕怡庵看了他写的人狐相恋故事《青凤》，不禁心生向慕。后来果然有相似的遇合，成就了一段凄婉的爱情。两篇合读，颇有意味。不过，恐怕世上终究是如毕怡庵者少，如刘太守者多，何其令人唏嘘！

官癖

相传南阳府有明季太守某殁于署中,自后其灵不散,每至黎明发点①时,必乌纱束带上堂南向坐,有吏役叩头,犹能颔之作受拜状。日光大明,始不复见。雍正间,太守乔公到任,闻其事,笑曰:"此有官癖者也,身虽死,不自知其死故耳。我当有以晓之。"乃未黎明即朝衣冠,先上堂南向坐。至发点时,乌纱者远远来,见堂上已有人占坐,不觉赼趄②不前,长吁一声而逝。自此怪绝。

【注释】

① 发点:指点卯。旧时官厅在卯时(上午五点到七点)查点到班人员,称为点卯。

② 赼趄(zī jū):想前进又不敢前进的样子。形容疑惧不

决,犹豫观望。韩愈《送李愿归盘谷序》:"足将进而趑趄,口将言而嗫嚅。"

【赏析】

世人所好,各不相同。有好声色犬马者,则欲香车美馔、华衣好酒;有好功业文章者,则欲跻身魏阙,名高万古;有好名山事业者,则欲闲云野鹤,无所拘率。不过,众所周知的是,所好再高,其欲再强,也只能奋力于百年之间,一旦身死,功名利禄,荣华富贵,自然也就随之灰飞烟灭,不复存在。所以持悲观态度的人,索性把人生富贵都视为南柯一梦,早早就醒了过来。

但是,也有死后都不愿醒来的"人"。《官癖》一文,就是写一个好为上官、死而魂灵不散的"人"。明末南阳府有一位太守死于任上,死后阴魂不散。他作祟的方式与众不同:在每天上班点卯之时,他必然官服齐整,上堂而坐,受堂下小吏叩拜,日出方隐,日日如此。直到雍正年间,新太守乔公是位明白人,他点出这鬼作祟的原因是有官癖而不知自身已死,对付他的方法就是先占了他的位置,让他明白已经时移势易、改弦更张。果然,当这鬼穿着乌纱上堂之时,看到堂上已经有人,"不觉趑趄不前,长吁一声而逝"。他凭着对做官的刻骨癖好,从明季到雍正年间,近百年一灵不散,及发觉时,那欲前不前、长叹一声的样子，也真让人既觉好笑，又觉心酸。

鬼故事中，大有因心愿未了而不愿离开阳世的鬼，但要不为了报恩，要不为了报仇，要不为了未了之缘，似这等为了做官的鬼，倒真是独一无二。

铸文局

句容①杨琼芳,康熙某科解元也。场中题是"譬如为山"②一节,出场后,觉通篇得意,而中二股③有数语未惬。夜梦至文昌殿中,帝君上坐,旁列炉灶甚多,火光赫然。杨问:"何为?"旁判官长须者笑曰:"向例:场屋文章,必在此用丹炉鼓铸。或不甚佳者,必加炭之锻炼之,使其完美,方进呈上帝。"杨急向炉中取观,则己所作场屋文也,所不惬意处业已改铸好矣,字字皆有金光,乃苦记之。一惊而醒,意转不乐,以为此心切故耳,安得场中文如梦中文耶。

未几,贡院④中火起,烧试卷二十七本,监临官按字号命举子入场重录原文。杨入场,照依梦中火炉上改铸文录之,遂中第一。

【注释】

① 句容:地名,西汉元朔元年(公元前128年)置县,今属江苏省镇江市。

② 譬如为山:语出《论语·子罕》:子曰:"'譬如为山,未成一篑;止,吾止也;譬如平地,虽覆一篑,进,吾往也。'"明清科考题目,均出四书。

③ 二股:指八股文中的二段。八股文文体有固定格式:由破题、承题、起讲、入题、起股、中股、后股、束股八部分组成。

④ 贡院:古代乡试、会试的考场。

【赏析】

科举考试是古代士人的晋身之阶,寒窗苦读,继而全榜题名,是其理想中的人生道路。正因为在科考中寄托的东西太多,所以科场也上演着各种让人或唏嘘、或莞尔的悲喜剧。

《聊斋志异》中有一篇名为《王子安》的文章,评论举子在科考之后的期望、等待、彷徨、失落、绝望,可谓曲尽人情,入木三分:"秀才入闱,有七似焉。初入时,白足提篮,似丐。唱名时,官呵隶骂,似囚。其归号舍也,孔孔伸头,房房露脚,似秋末之冷蜂。其出场也,神情惝恍,天地异色,似出笼之病鸟。迨望报也,草木皆惊,梦想亦幻,时作一得志想,则顷刻而楼阁俱成,作一失意想,则瞬息而骸骨已朽。此际行坐难安,则似被絷之猱。忽然而飞骑传入,报条无我,此时神情猝变,嗒然若死,则似饵毒之蝇,弄之亦不觉也。初失志,心灰意败,大骂司衡无目,笔墨无灵,势必举案头物而尽炬之;炬之不已,而碎踏之;踏之不已,而投之浊流。从此披发入山,面向石壁,再有以'且夫''尝谓'之文进我者,定当操戈逐之。无何,日渐远,气渐平,技又渐痒;遂似破卵之鸠,只得衔木营巢,从新另抱矣。如此情况,当局者痛哭欲死;而自旁观者视之,其可笑孰甚焉。"

蒲松龄连打了七个比方,写出了期待的炽热和希望的渺茫、暂时的狂狷和一世的执着,把困于场屋者的可悲形象画得格外生动,这其中,自然蕴含着他自己多次应举不第,以致蹉跎无成、此身空老的悲苦。而袁枚则不同,蒲松龄终身不曾中举,而他二十四岁已中进士,在他的笔下,科场故事并无那么多血泪,而以"趣"为主。

譬如这一篇,写的是凡参加过考试的人都懂的"白日梦"——在考场中由于种种原因没有发挥好,事后回想,百般懊悔,"要是某某处是这么答的就好了!"继而做起梦来,若是能有机会重来,必然下笔生花,一举夺魁,再不济,哪怕天降水火,把考卷毁迹也好。

这自然是白日梦,但《铸文局》却一本正经地把这个白日梦写了出来:杨琼芳出了考场,觉得自己写了一篇妙文,唯有中间二段有败笔,日有所思,夜里便梦见身入文昌殿,夜游铸文局。所谓铸文局,是将世间文章入炉铸造、使其生辉的所在。杨琼芳将铸造过的佳文字记诵纯熟——这自然是南柯一梦。然而,奇的是此次科考存卷不当,烧了二十七本试卷,杨的考卷也在其中。由此,他得到了入场"重录原文"的机会。他录入的,自然是梦中所铸文,由此斩获了乡试的第一名。

《铸文局》的故事,未必真能在现实中发生,然而,它写出了人人意中所有、笔下所无,所以我们自然会掩卷莞尔。

繪圖子不語正集

民國三年六月出版

上海錦章圖書局石印

棺床

陆秀才遐龄,赴闽中幕馆。路过江山县,天大雨,赶店不及,日已夕矣。望前村树木浓密,瓦屋数间,奔往叩门,求借一宿。主人出迎,颇清雅,自言沈姓,亦系江山秀才,家无余屋延宾。陆再三求,沈不得已,指东厢一间曰:"此可草榻也。"持烛送入。陆见左停一棺,意颇恶之,又自念平素胆壮,且舍此亦无他宿处,乃唯唯作谢。其房中原有木榻,即将行李铺上,辞主人出,而心不能无悸,取所带《易经》一部灯下观。至二鼓,不敢熄烛,和衣而寝。

少顷,闻棺中窸窣^①有声,注目视之,棺前盖已掀起矣,有翁白须朱履,伸两腿而出。陆大骇,紧扣其帐,而于帐缝窥之。翁至陆坐处,翻其《易经》,了无惧色,袖出烟袋,就烛上吃烟。陆更惊,以为鬼不畏《易经》,又能吃烟,真恶鬼矣。恐其走至榻前,愈益谛视,浑身冷颤,榻为之动。白须翁视榻微笑,竟不至前,仍袖烟袋入棺,自覆其盖。陆终夜不眠。

迨早,主人出问:"客昨夜安否?"强应曰:"安,但不知屋左所停棺内何人?"曰:"家父也。"陆曰:"既系尊公,何以久不安葬?"主人曰:"家君现存,壮健无恙,并未死也。家君平日一切达观,以为自古皆有死,何不先为演习,故庆七十后即作寿棺,厚糊其里,置被褥焉,每晚必卧其中,当作床帐。"言毕,拉赴棺前,请老翁起,行宾主之礼,果灯下所见翁,笑曰:"客受惊耶!"三人拍手大剧。视其棺:四围沙木,中空,其盖用黑漆绵纱为之,故能透气,且甚轻。

【注释】

① 窸窣(xī sū):拟声词,形容细小的摩擦声。

【赏析】

鬼故事有多种类型,有的浪漫,有的动人,有的谐趣,有的惊悚。惊悚型的鬼故事，其叙述讲求铺垫，其行文讲求不动声色，其氛围讲求如临其境，其结尾讲求出人意表，往往一篇终了，还让人惊魂不定，甚至毛骨悚然。

这篇《棺床》，从篇名、前半段情节来看，都像是一篇惊悚型的鬼故事。且看：主人公为赶路的文弱秀才，时间是大雨之夜，场景为投宿不便，偶然寻得一处人家，苦求得一处草榻，可近旁却有一具棺材。这些要素，若在《水浒传》，便是遇到强人的标准场景；若在《西游记》中，便是遇到妖怪的标准场景；若在《聊斋志异》中，便是遇到狐狸精的标准场景。而在《子不语》中，这分明是遇到鬼怪僵尸的标准场景。

果然，时至夜半，古怪来了："闻棺中窸窣有声，注目视之，棺前盖已掀起矣，有翁白须朱履，伸两腿而出"，来的是个年老男"鬼"，陆秀才心中虽惧，却也没有彻底失态，因为他自恃还有一个法宝——《易经》。在《子不语》的鬼怪故事中，《易经》被视为能降妖伏魔的法宝，如《张奇神》一文，写张奇神行厌胜之术，吴生与他作对后，料其夜晚必来报复，所以准备好了《易经》，等到张奇神派纸人来作祟，便将《易经》向其掷去，破了他的法术。

谁料这次《易经》也不奏效了，此"鬼"不仅能翻阅《易经》，还能用烟袋抽烟，道行实在高深。幸亏道行虽高，却并未施暴行恶。次日，陆秀才就此询问主人，主人告知，棺内之人系其父亲。行文至此，本是一篇标准的鬼怪故事，谁知作者笔锋突转：棺中老翁并非鬼怪，乃是活人。因生性达观，认为人莫不有死，所以七十岁后，便常卧棺中，以作演习。

此时，悬念揭开，陆秀才与读者心头的那口气，才算松了。作为读者，也不由得不感叹，鬼故事看得多了，酷肖逼真的已不算稀奇，似是而非的鬼故事，才真是别开生面。

两僵尸野合

有壮士某,客于湖广,独居古寺。一夕,月色甚佳,散步门外,见树林中隐隐有戴唐巾①飘然来者,疑其为鬼。旋至松林最密中,入一古墓,心知为僵尸。素闻僵尸失棺上盖便不能作祟,次夜,先匿于树林中,伺尸出,将窃取其盖。

二更后,尸果出,似有所往。尾之,至一大宅门外,其上楼窗中先有红衣妇人掷下白练一条牵引之。尸攀援而上,作絮语声,不甚了了。壮士先回,窃其棺盖藏之,仍伏于松深处。夜将阑,尸匆匆还,见棺失盖,窘甚,遍觅良久,仍从原路踉跄奔去。再尾之,至楼下且跃且鸣,喈喈②有声;楼上妇亦相对喈喈,以手摇拒,似讶其不应再至者。鸡忽鸣，尸倒于路侧。

明早，行人尽至，各大骇。同往楼下访之，乃周姓祠堂。楼停一柩，有女僵尸，亦卧于棺外。众人知为僵尸野合之怪，乃合尸于一处而焚之。

【注释】

① 唐巾：仿照唐代男子幞头外形制作，又叫软翅纱巾，外形与乌纱帽相似，巾后垂有软脚，左右缀巾一对。《警世通言·王娇鸾百年长恨》："忽见墙缺处有一美少年，紫衣唐巾，舒头观看，连声喝采。"

② 喈喈（jiē jiē）：絮语喧闹声。

【赏析】

在志怪小说中，狐狸精可能采补迷魂，也可能外成人形，内持人心，甚至温柔多情，成一段旖旎故事；鬼可能作祟害人，也可能留恋人世，尘缘未了，演绎出一段人鬼恋情。甚至各类精怪，有可能蠢笨可厌，也有可能具备灵性和人情。但是，僵尸一物，在志怪小说中，则是绝无疑义的反面角色。

民间认为，所谓僵尸，是尸体由于外界风水原因或自身阴气过重，死而不化所形成的妖魔。僵尸通常全身僵硬，惧怕阳光，对人有恶意和攻击性，战斗力很强，又好像并无什么自我意识。无论从审美还是从现实的角度而言，僵尸都无法让人有太多正面的联想。

民间故事中，凡有僵尸出现，大多是僵尸如何害人的情节。但是这篇《两僵尸野合》，写的却是人害僵尸的故事。

故事是从"壮士某"的视角来写的。故事中的僵尸，出场时并不如何凶恶，而是"戴唐巾飘然而来"。"壮士某"坐实了它的僵尸身份之后，便按照民间传闻的说法整治它——藏匿其棺盖，意图使其灰飞烟灭。随后，他又跟踪了一番，发现僵尸行往一深宅大户与一名女性约会。约会结束之后，僵尸匆匆而返，当它发现棺盖不见了之后，其窘迫、无助的样子，竟然让人颇感心酸。万般无奈之下，它又返回约会地点，意欲与女子再晤。但鸡鸣日出，迎接它的只有毁灭。

故事犹未完。"死"去的不只是它，还有那个与它约会的"女子"，原来二者皆为僵尸，又皆因"壮士某"的恶作剧般的举动，迎来了"死亡"。令人唏嘘的是，两个僵尸之间纯粹而炽热的爱情，因它们的身份，只能被描述为"野合"，它们的窘迫和无助，似乎也只成就了"壮士某"为民除害的壮举。因为，这不是它们的世界，也不是属于它们的故事。

误尝粪

常州蒋用庵御史，与四友同饮于徐兆潢家。徐精饮馔，烹河豚尤佳，因置酒请六客同食河豚。六客虽贪河豚味美，各举箸大啖，而心不能无疑。忽一客张姓者斗然倒地，口吐白沫，噤不能声。主人与群客皆以为中河豚毒矣，速购粪清灌之。张犹未醒。五人大惧，皆曰："宁可服药于毒未发之前。"乃各饮粪清一杯。

良久，张竟苏醒，群客告以解救之事。张曰："小弟向有羊儿疯①之疾，不时举发，非中河豚毒也。"于是五人深悔无故而尝粪，且嗽且呕，狂笑不止。

【注释】

① 羊儿疯：又称羊癫疯或者羊角风，是大脑神经元突发性

异常放电,导致短暂的大脑功能障碍的一种慢性疾病。

【赏析】

  河豚,向来被推为天下之至味,但因其皮及内脏有毒,若烹饪不善,辄有穿肠之祸,故有"拼死吃河豚"的说法。据说曾有人烹饪河豚有独到之妙,一日请苏轼吃河豚,以期获其褒扬,得以名闻天下。待苏轼享用河豚时,其人举家躲在屏风之后,静候其品题。苏轼埋头大吃,半晌无语,众人方惴惴不安,忽然听到苏轼感叹道:"也值得一死!"

  河豚之味虽然让人无法抗拒,但其毒性也让人胆寒。所以老饕吃河豚,有不成文的规矩:河豚烹饪好以后,厨师先尝一筷子,以示其处理得当,绝无鸩毒之忧。但即使如此,也难保万无一失,若是不幸中毒,有没有解毒之法呢?张仲景《金匮要略》中有"芦根煮汁,服之即解"的记载,唐人杨晔则说用蒌蒿汁,即使被毒死也能复生。最重口味的是孙思邈的方法:"凡中其毒,以芦根汁和蓝靛饮之,陈粪清亦可"——以粪便来解毒,真可谓"两害相权取其轻者"。

  此则故事是写以误会生出的谐趣。六人共食河豚,虽然爱河豚之美,但对河豚之毒亦心存畏惧,恰好此时共食河豚者有一人倒地,似中毒状,众人杯弓蛇影,以为自己也中了毒,情急之下,饮粪清解毒。而倒地者复苏,告知众人自己晕倒乃是因为有宿疾，并非吃河豚中毒所致。

古代短篇小说中，向有幽默故事一类，如《笑林广记》就是这一题材的小说集。幽默故事的幽默，往往来自巧合、误会或者独特的人事。这类故事不求思想深刻、情感深挚、情节曲折、回味悠长，但求用谐趣和抖"包袱"，求得读者一笑。《误尝粪》的旨趣，就在于此。

赵氏再婚成怨偶

雍正间,布政司①郑禅宝妻赵氏有容德,与郑恩好甚隆,以瘵疾亡。临诀誓曰:"愿生生世世为夫妇。"卒之日,旗下刘某家生一女,生而能言,曰:"我郑家妻也。"刘父母大惊,以为怪,嗣后遂不复语。

八岁过亲戚家,路遇郑家奴骑马冲其车,怒曰:"汝郑四也,自幼卖身我家,何敢见我不下马?"郑奴愕然,因访至刘家,见女父母,具道生时之异。女归见郑四,因问:"汝主安否?"并询一切妯娌上下奴婢田宅事,历历如绘,有奴所不知而女悉知者。奴归,白之郑。郑亦至刘家,女谛视②涕泣,絮语良久。时鄂西林相公以为两世婚姻,亦太平瑞事,劝郑续娶刘女。十四岁即行合巹之礼。时郑年六旬,白发飘萧,兼有继室。女嫁年余,郁郁不乐,竟缢死。

袁子曰:情极而缘生,缘满而情又绝,异哉!

【注释】

① 布政司:即承宣布政使司,其名取自"朝廷有德泽、禁令,承流宣播,以下于有司"。前身为元朝的行中书省。布政司系地方行政机关,其辖区是国家的一级行政区。而一省之刑名、军事则分别由提刑按察使司与都指挥使司管辖。布政司、按察司、都司合称为"三司"。

② 谛(dì)视:凝视。

【赏析】

受佛教的影响,在中国民间传统里,有"三生"的说法,即相信人除了今生之外,还有前生后世。这一说法,给爱情故事创造了新的空间。譬如《长恨歌》《长生殿》写唐玄宗和杨玉环的爱情故事,就创造了这样的情节:七夕之夜,他们在长生殿中立誓要"生生世世为夫妻",后来马嵬惊变,阴阳永隔,而唐玄宗终于在"升天入地求之遍"的精诚之中,见到了杨玉环的后身,给这个悲剧寻得一点安慰。

与"三生"的观念更加切合的爱情故事,是唐传奇《玉箫传》及由其改编的杂剧《两世姻缘》。《玉箫传》写韦皋与玉箫相爱,但玉箫因相思不幸早逝,十多年后,韦皋功成名就,遇到转世之玉箫,经过一番曲折,二人再续前缘,爱情得以圆满。这自然是典型的为读者所乐见的"大团圆"式故事,千百年来,人们将它作为有情人终成眷属的代表,赞颂着韦皋和玉箫的爱情,但是袁枚却在《赵氏再婚成怨偶》中,作了翻案文章。

文中,主人公郑禅宝与其妻赵氏伉俪情深,赵氏患病早亡,死前立誓曰:"愿生生世世为夫妇"。这本只是痴男怨女不能勘破世情的痴语,但让人意想不到的是,赵氏此语竟然成了事实:她死之后,转生刘家,生而能言,且清楚地记得前世的情状,回到故家,诸事熟稔;重见良人,亦绵邈深情。旁人见此,自然也乐见二人续成两世姻缘,故事至此,似乎已近圆满。

但当二人真的成亲,却是"一树梨花压海棠",刘女年方十四,郑禅宝却已年过六旬,一人雪肤花貌,一人白发飘萧,似乎称不得圆满。且郑又有继娶的正妻,刘女只有侍妾的身份。所以,她最后郁郁不乐,竟然自缢而死。

其实,在乔吉的杂剧《两世姻缘》里面,已经借皇帝之口,对男女主人公悬殊的年龄提出过问题:"(驾云)玉箫,你原来死后投胎,到今一十八岁。你是青春幼女,韦元帅他是已过中年的人了,你肯与他做夫妻么?(正旦跪,云)人命修短不齐,焉知妾不死于元帅之先?(唱)陛下道我,正在青春,他虽年迈，也都是天地安排。"在这里，女主人公似乎对年龄的差异颇为通达，相比之下，刘女的态度虽然远没有那么漂亮，但也许更接近现实。所谓"情极而缘生，缘满而情又绝"，造化弄人，使人相爱相守，却仍隔着天沟地壑，奈何！

卖蒜叟

南阳县有杨二相公者,精于拳勇,能以两肩负粮船而起。旗丁数百以篙刺之,篙所触处,寸寸折裂,以此名重一时。率其徒行教常州,每至演武场传授枪棒,观者如堵。

忽一日,有卖蒜叟龙钟伛偻①,咳嗽不绝声,旁睨②而揶揄③之,众大骇,走告杨。杨大怒,招叟至前,以拳打砖墙,陷入尺许,傲之曰:"叟能如是乎!"叟曰:"君能打墙,不能打人。"杨愈怒,骂曰:"老奴能受我打乎?打死勿怨!"叟笑曰:"老人垂死之年,能以一死成君之名,死亦何怨!"乃广约众人,写立誓券,令杨养息三日。

老人自缚于树,解衣露腹,杨故取势于十步外奋拳击之。老人寂然无声，但见杨双膝跪地叩头曰："晚生知罪了。"拔其拳，已夹入老人腹中，坚不可出。哀求良久，老人鼓腹纵之，已跌出一石桥外矣。老人徐徐负蒜而归，卒不肯告人姓氏。

【注释】

① 龙钟伛偻（yǔ lǚ）：龙钟，年老体衰、行动不便的样子；伛偻，腰背弯曲。《淮南子·精神训》："子求行年五十有四，而病伛偻。"

② 睨（nì）：斜着眼睛看。《礼记·中庸》："睨而视之。"

③ 揶揄（yé yú）：嘲弄、戏弄、侮辱之意。

【赏析】

中国古代的史传、小说之中，向来不缺少对杀鸡屠狗之辈、引车卖浆之流的传奇刻画。从《史记·魏公子列传》的侯嬴到《水浒传》中的各路来自社会下层的好汉，从欧阳修笔下的《卖油翁》到袁枚笔下的《卖蒜叟》，都是胸有奇气、腹笥万军的人物。他们平时藏身市井，貌不惊人，行藏也与常人无异，然而到了某种特殊场景之下，往往有惊人之举，令人心生敬畏。

《卖蒜叟》的前半段，写南阳杨二力能扛鼎，刀枪不入，勇武非常，因此名重一时。有如此神力神功，自然会得到众人的揄扬和尊崇,而在一片褒奖声中,不免会逐渐膨胀,以为自己真的天下无敌。

卖蒜叟出场时,其形象几乎与杨二完全相反。杨二精干强壮,而他佝偻老朽。而偏是这"龙钟佝偻,咳嗽不绝声"的卖蒜叟,对杨二睥睨揶揄,毫不在意。杨二被这种态度激怒,约定决斗。决斗的方法是老人自缚于树,让杨二"取势于十步外奋拳击之"。这场按常理而言绝无生理的决斗,却以杨二的惨败而收场。

当然,对读者而言,这一结果并不让人意外,因为从叙述方法来看,杨二本就绝似为了烘托卖蒜叟而存在的绿叶。正如《道德经》所云"大白若辱,大方无隅,大器晚成,大音希声,大象无形",也正如中国传统的审美观所认为的,任何艺术的最高境界,都不会是肤浅的、直白的、无意境的。所以杨二的落败,是在情理之中的。

从传承来看,《卖蒜叟》的结构和叙述方式,明显受到《卖油翁》一文的影响,只是在此基础上将民间奇人的形象,刻画得更具有传奇性。而后来金庸《天龙八部》塑造少林寺扫地僧这一人物,也算是二文的嗣响。

借棺为车

绍兴张元公,在阊门^①开布行。聘伙计孙某者,陕人也,性诚谨而勤,所经算无不利市^②三倍,以故宾主相得。三五年中,为张致家资十万。屡乞归家,张坚留不许,孙怒曰:"假如我死,亦不放我归乎?"张笑曰:"果死,必亲送君归,三四千里,我不辞劳。"

又一年,孙果病笃,张至床前问身后事,曰:"我家在陕西长安县钟楼之旁,有二子在家。如念我前情,可将我灵柩寄归付之。"随即气绝。张大哭,深悔从前苦留之虐。又自念十万家资皆出渠帮助之力,何可食言不送?乃具赙仪^③千金,亲送棺至长安。

叩其门开,长子出见。告以尊翁病故原委,为之泣下，而其子夷然，但唤家人云："爷柩既归，可安置厅旁。"既无哀容，亦不易服，张骇绝无言。少顷，次子出见，向张致谢数语，亦阳阳如平常。张以为此二子殆非人类，岂以孙某如此好人，而生禽兽之二子乎！

正惊叹间，闻其母在内呼曰："行主远来，得毋饥乎？我酒馔④已备，惜无人陪，奈何？"两子曰："行主张先生，父执也，卑幼不敢陪侍。"其母曰："然则非汝死父不可。"命二子肆筵设席，而已持大斧出，劈棺骂曰："业已到家，何必装痴作态！"死者大笑，掀棺而起，向张拜谢曰："君真古人也，送我归，死不食言。"张问："何作此狡狯？"曰："我不死，君肯放我归乎？且车马劳顿，不如卧棺中之安逸耳。"张曰："君病既愈，盍⑤再同往苏州？"曰："君命中财止十万，我虽再来，不能有所增益。"留张宿三日而别，终不知孙为何许人也。

【注释】

① 阊门：苏州城八门之一，位于城西北。
② 利市：买卖所得的利润。
③ 赙（fù）仪：向办丧事的人家送的礼。
④ 酒馔（zhuàn）：酒和饭菜。
⑤ 盍（hé）：何不，表示反问或疑问。《论语》："盍各

言尔志?"

【赏析】

《菜根谭》云:"醲肥辛甘非真味,真味只是淡;神奇卓异非至人,至人只是常。"虽然是说人生境界,但如果移以作小说构思指南,倒也并无不可。在历来的小说中,具有非常之能的至人,往往"真人不露相",平时行止一如常人,往往到了特殊的场合中才会让人有惊鸿一瞥的机会。《借棺为车》的主人公孙某,就是如此。

孙某出场,其身份是张元公的伙计。他做伙计很称职,不仅勤谨,而且颇擅经营之道,宾主相处得很融洽。但正因张元公对他格外倚重,所以孙某屡次辞归,张元公总是坚决不肯,以至于孙某问是不是只有他死了才能放他归家,张元公答道:如果真是这样,那么必然亲自送归,千里不辞。不久,孙某竟果然病重而死,弥留之际,告知张元公家中情状,嘱他不忘其诺。张元公大为愧悔,果然亲送灵柩归其故里。

行文至此,似是悲剧,没想到,到了孙某家中之后,意外之事出现了:孙某的两个儿子神态如常,并无悲戚之状,而其妻子备好酒馔,竟然呼唤孙某作陪,更持大斧劈开棺木,而孙某果然大笑而出。

读罢此文,我们当然知道,文中的连名字都不详的孙某,其实是一位异人,他能知是非因果、吉凶祸福,其妻、子亦非常人。孙某真实身份是什么,他为何相助张元公,我们并不知道,但张元公重信守诺,二人可谓肝胆相照;而孙某的出场和隐没,又似羚羊挂角,无迹可寻,更得高人意态。

孙烈妇

歙县①绍村张长寿妻孙氏,父某,工武艺,孙自幼从父学。年及笄②,归③长寿。长寿家贫,娶妇弥月即客浙西。有贼数人窥妇年少,夜往撬其门,将行不良。妇左手执烛,右手持梃与贼斗,贼被创仆地而逃。又一年,长寿病死,妇从容执丧事。既葬,闭户自缢。邻人以妇强死,惧其为祟,集僧作佛事超度之。夜将半,僧方诵经,见妇坐堂上叱曰:"我死于正命,并非不当死而死者,何须汝辈秃奴来此多事!"僧皆惊散。后村有妇某与人有私,将谋弑夫者,忽病狂呼曰:"孙烈妇在此责我,不敢!不敢!"嗣后合村奉孙如神。

【注释】

① 歙（shè）县：古名歙州，今属安徽省黄山市。自秦建制以来，历为郡、州、路、府所在地，是古徽州政治、经济和文化中心。

② 及笄：古时称女子年在十五为"及笄"，也称"笄年"。笄是簪子，及笄，就是到了可以插簪子的年龄了，又指出嫁的年龄，或代指女子成年。《仪礼·士昏礼》："女子许嫁，笄而醴之，称字。"《礼记·内则》："女子许嫁，……十有五年而笄。"

③ 归：嫁。《诗经·桃夭》："之子于归，宜其室家。"

【赏析】

古代诗文小说之中歌颂"烈妇"，多着眼于其作为女性的贞操，其事迹或是守寡殉节，或是遇流寇受辱不从而死，总之，凡是用生命来践行"饿死事小，失节事大"的"箴言"的，就能被称为烈妇、节妇，为官民所旌表。

这篇文章题为"孙烈妇"，所写的主人公孙氏也确有夫死相殉的行为，但其为人称道的主要原因还不在此。她自幼从父学武，并非手无缚鸡之力的文弱女子。嫁与丈夫之后，某日丈夫远行，有人欺其独居，欲对其不轨，她"左手执烛，右手持梃与贼斗"，且力能屈人，使得歹徒受伤而逃。丈夫病死，她在办妥丧事以后，便自缢而死。

她为人时强悍，做了鬼以后，脾性也丝毫未改。邻居怕她作祟，她却真的现身，不是作祟，而是怒斥其不解正道，不悟正行。如此多番，铸就了她在村人心中近乎神灵的形象。《左传》云："聪明正直者为神。"信然！

正如文天祥《正气歌》所说："天地有正气，杂然赋流形。下则为河岳，上则为日星。于人曰浩然，沛乎塞苍冥。……在齐太史简，在晋董狐笔。在秦张良椎，在汉苏武节。为严将军头，为嵇侍中血。为张睢阳齿，为颜常山舌。或为辽东帽，清操厉冰雪。或为出师表，鬼神泣壮烈。或为渡江楫，慷慨吞胡羯。或为击贼笏，逆竖头破裂。是气所磅礴，凛烈万古存。当其贯日月，生死安足论。"正气所在，使人有无比的智慧，无限的勇气，公义在所不辞，前途在所不惜。孙氏作为女子，追求的是作为女性的尊严、作为人的尊严，她虽然没有惊天动地的伟业，但也足以让人钦佩。

鬼宝塔

杭人有邱老者，贩布营生。一日取帐回，投宿店家，店中人满。前路荒凉，更无止所，与店主商量。主人云："老客胆大否？某后墙外有骰子房数间，日久无人歇宿，恐藏邪祟，未敢相邀。"邱老曰："吾计半生所行，不下数万里，何惧鬼为？"于是主人执烛，偕邱老穿室内行至后墙外，视之：空地一方，约可四五亩，贴墙矮屋数间，颇洁净。邱老进内，见桌椅床帐俱全，甚喜。主人辞出，邱老以天热，坐户外算帐。

是夕淡月朦胧，恍惚间似前面有人影闪过，邱疑贼至，注目视之，忽又一影闪过，须臾，连见十二影，往来无定，如蝴蝶穿花，不可捉摸。定睛熟视，皆美妇也。邱老曰:"人之所以畏鬼者,鬼有恶状故也。今艳冶如斯,吾即以美人视鬼可矣。"遂端坐看其作何景状。

未几,二鬼踞其足下,一鬼登其肩,九鬼接踵以登,而一鬼飘然据其顶,若戏场所谓"搭宝塔"者然。又未几,各执大圈齐套颈上,头发俱披,舌长尺余。邱老笑曰:"美则过于美,恶则过于恶,情形反复,极似目下人情世态,看汝辈到底作何归结耳!"言毕,群鬼大笑,各还原形而散。

【赏析】

鬼是一种怎样的存在?古往今来,出于对死亡的畏惧、对未知世界的好奇、对人的由来和去处的永恒探寻,人们对"鬼"这个神秘存在一直保持着强烈的兴趣,但也从未得出过确定无疑的结论。

在以猎奇惊悚为趣尚的故事里,鬼往往是有法力、有贪欲却没有情感、没有同情心的存在,它们与人发生交集时,往往是意欲不利于人或者有所求;而在缠绵哀婉风格的人鬼爱情故事里,鬼却是只在身体性质上与人有差异而性情与人完全相通的存在,且这种差异造就出的隔阂和无奈,成为塑造人性和爱情悲剧的绝好因素。

以上两类风格迥异的故事,是以鬼为主题的故事中最为主流的两种。它们看似迥异,其实也有相似的心理机制,即故事的着眼点都在探寻或构建"异类"的世界,关注点在"鬼"而非人自身。而《鬼宝塔》则可谓是一篇不落窠臼、风格独特的鬼故事。

故事中的邱老者某日投宿店家,因客店人满,店主便询问他如不惧邪祟,是否愿意在骰子房歇宿。邱老者坦然应允,理由是自己大半生走南闯北,并不怕鬼。骰子房光景如何?坐落在墙外空地,里面桌椅床帐齐全,唯四下无人。朦胧淡月之下,果然有不明身份者不期而至。来的不止一鬼,而是十二个。它们以美妇相现身,飘然飞来。

常人遇到这种情景,多半要魂飞天外,而邱老者不然。鬼的第一招"蝴蝶穿花"不仅没有吓倒他,还被他解嘲道"今艳冶如斯,吾即以美人视鬼可矣"。鬼的第二招是搭"宝塔",如杂技所演,层叠而上。且鬼见美妇相无法恫吓他,便现出恶鬼相,没想到邱老者依然从容,笑说鬼的美丑反复不过是人情世态的另一种演绎罢了。众鬼闻言,大笑而散。

《鬼宝塔》一文,表面处处言鬼,实则处处言人。邱老者位不高,名不扬,但阅历丰富,识见远过常人。他明白,所谓鬼,不过是人心的镜像和譬喻。鬼之贪欲邪恶,不过是人的贪嗔痴之念的一种转化;鬼之善良温柔,也是来自人心中那不可磨灭的人情。所以当邱老者窥破真相,众鬼便一笑而散了。袁枚此文,意在提醒世人,鬼故事讲了那么久,我们可能忘了,它其实是"人"故事。

庄生

叶祥榴孝廉云：其友陈姓家延西席①庄生。八月间日暮，诸生课毕，陈姓弟兄弈于书斋，庄旁观之，倦，起身归家。

庄家离陈姓里许，须过一桥。庄生上桥失足跌地，急起趋家，扣门不应，仍返陈氏斋。陈弟兄弈局未终，乃闲步庭院。见轩后小门内有园亭，巨蕉无数，心叹主人有此雅室不作书斋。再数步，见小亭中孕妇临蓐②，色颇美，心觉动。既而曰："此东人内室，见此不退，非礼也。"趋出，仍至斋中小坐。见主人棋为乃弟暗攻，主人他顾，若不觉者，代为通知。主人惝惶似惊，仍复不睬。庄复大声呼曰："不依我，全盘输了！"且以手到局上指告。陈氏兄弟惊惶趋内,灯为之熄。庄不得已,仍回家。至桥,复又一跌,起,赴家扣门,阍者③纳焉。庄以前次扣门不应之事罪其家人,家人曰:"前未闻也。"

庄次日赴馆,见灯盏在地,棋局尚存,恍然若梦。少顷,主人出曰:"昨夜先生去后,鬼声大作,甚至灭火,真怪事。"庄骇然,告以曾来教棋。东人曰:"吾弟兄并未见先生复至。"庄曰:"且有一证:我到尊府花园,见有临蓐夫人。"陈笑曰:"我家并无花园,何有此妇?"庄曰:"在轩后。"庄即拉陈同至轩后,有小土门,内仅菜园半亩,西角有一猪圈,育小猪六口,五生一毙,庄悚然大悟:盖过桥一跌,其魂已出;后一跌,则魂仍附体。倘不戒于淫,则堕入畜生道矣。

【注释】

① 西席:又称西宾,为私塾教师或幕客。《称谓录》卷八:"汉明帝尊桓荣以师礼,上幸太常府,令荣坐东面,设几。故师曰西席。"

② 临蓐(rù):临产。《聊斋志异·巩仙》:"府中耳目较多,倘一朝临蓐,何处可容儿啼?"

③ 阍(hūn)者:守门人。

【赏析】

中国古代文学素来重视文学的"教化"功用,这种传统,从《诗经》时代就已经萌芽,而《毛诗序》云"故正得失,动天地,感鬼神,莫近于诗。先王以是经夫妇,成孝敬,厚人伦,美教化,移风俗",更是明显表露出这种观念。

教化的落眼点主要在于让人遵守伦常的规范,安守君臣父子的位置,也不逾越道德的边界。《庄生》一文,明显就是一篇以教化为目的的小说。

《庄生》讲述了这样一个故事:庄生馆于陈氏兄弟家,某日在陈家观棋,倦而归家,因家中无人,复返陈家。闲步陈家花园,见有孕妇甚美,心中忽起邪念,然天良尚在,强自约束,自行退出,终无越轨之举。见陈氏兄弟弈局未终,其中一方危殆,出言指点,结果对方毫不理睬,庄生愕然归家,第二天向陈氏兄弟问起前日情状,才知自己复返陈家之时已经离魂,如果一念不良,行不伦之举,则有可能堕入恶道,不得善果。

故事的主人公名叫"庄生",这显然是用了《庄子·齐物论》中庄周梦蝶的典故:"昔者庄周梦为胡蝶,栩栩然胡蝶也,自喻适志与,不知周也。俄然觉,则蘧蘧然周也。不知周之梦为胡蝶与,胡蝶之梦为周与?周与胡蝶,则必有分矣。此之谓物化。"人生如梦,《庄子》中的这个故事,是对人的存在的哲学思考，而《庄生》写庄生入梦，是为了教化人遵守伦常规范，不要行禽兽之事。两相对比，《庄生》明显将"庄周梦蝶"的内涵狭隘化、肤浅化了。

当然，用文学作品进行教化，比直接的谕令更能打动人心，因为将道德谕令形象化之后，它会显得不那么生硬和刻板。但是，如果能够不言教化，而通过高明的文学技巧引起人的恻隐之心、羞恶之心、辞让之心、是非之心，则明显技高一筹。《庄生》一文，情节曲折有趣，但却因教化意图太直白，不免失之生硬，可谓白璧微瑕。

鬼逐鬼

桐城左秀才某,与其妻张氏伉俪甚笃。张病卒,左不忍相离,终日伴棺而寝。

七月十五日,其家作盂兰之会①,家人俱在外礼佛设醮②,秀才独伴妻棺看书。忽阴风一阵,有缢死鬼披发流血拖绳而至,直犯秀才。秀才惶急,拍棺呼曰:"妹妹救我!"其妻竟勃然掀棺而起,骂曰:"恶鬼,敢无礼犯我郎君耶!"挥臂打鬼,鬼踉跄逃出。妻谓秀才:"汝痴矣,夫妇钟情一至于是耶!缘汝福薄,故恶鬼敢于相犯,盍同我归去投人身,再作偕老计耶?"秀才唯唯,妻仍入棺卧矣。秀才呼家人视之,棺钉数重皆断,妻之裙犹夹半幅于棺缝中也。不逾年,秀才亦卒。

【注释】

① 盂兰之会:又称盂兰节、盂兰盆节,即农历七月十五日(有的地方是七月十四日),在民间称为中元节、鬼节、七月半、麻谷节,是祭祀祖先、祭拜孤魂野鬼的日子。盂兰盆是梵文"ullambana"的音译,本意是指"救倒悬"。

② 设醮(jiào):指设置高坛,以向鬼神祈祷。醮:道士设坛念经做法事。设醮三日称三朝,设醮五日称五朝。

【赏析】

在中国古典文学作品之中,表现人鬼之恋的所在多有。汤显祖的《牡丹亭》写杜丽娘游园惊梦,相思而卒,死后又与梦中之人柳梦梅有了一段人鬼因缘,最后因二人情比金石,杜丽娘竟死而复生。故事凄婉深情,令人感动。

我们自然知道,在现实之中,爱情无法逾越生死,《牡丹亭》所写的故事,无疑是一种浪漫化的表现,这种表现的目的何在?《牡丹亭》的题辞,道出了答案:"情不知所起,一往而深。生者可以死,死可以生。生而不可与死,死而不可复生者,皆非情之至也。"

爱情是一种充满矛盾性的情感,它既能让人恍若置身天堂,也能让人瞬间如置地狱;既能让人患得患失,又能赋予人不顾一切的勇气。文中的左秀才，真可谓痴人也。在妻子死去之后终日伴棺而眠，是一痴也；在中元节被吊死鬼所犯，情急之下不是选择逃命，而是拍着棺材向亡妻高呼救命，此又一痴也。但让人惊诧的是，他的呼救声，竟然真得到了回应——"其妻竟勃然掀棺而起"，怒而退鬼。其妻悯其痴，提出不如共死以求转生之后再续前缘，左秀才毫不犹豫，欣然应允，此又一痴也。

因为痴情，左秀才之妻能死而有灵。因为痴情，左秀才能欣然赴死。生死在爱情的面前，不仅可以跨越，而且似乎变得无足轻重，真所谓"生者可以死，死可以生"也，如此坚贞不移的爱情，与俗世的怯懦、计较、犹疑相比，真有霄壤之别，哪怕它只是存在于想象和小说之中，也足以让人动容。

碧眼见鬼

河南巡抚胡公宝瑔,眼碧色,自幼能见鬼物。九岁,犹不言,尚记前生事。能言后,不复记矣。自言人间街衢堂屋,在在①有鬼,惟朝廷午门内无人,菜市口刑人处,鬼尤丛集。遇人气盛,避之而行;衰弱,则摩肩而过。或有所揶揄者,其人必病。午前犹不甚出,午后道路纷纷。然其举止,率皆卑琐龌龊,无昂伟正大者。

公一生不肯入庙,神佛见之,往往起立。尝述所经历者:尊莫尊于东岳大帝②,卤簿③繁盛;奇莫奇于金将军,遍体金色,毛孔闪闪,生万道金光;丑莫丑于狭面神,身长三尺,面长四尺,阔止五六寸,令人对之欲呕。他如如来、仙子、关公、蒋侯,皆未之见也。

幼时过土地祠，旁塑牛头④鬼，公践其角。鬼随归家，以角抵公卧床，震撼不已。随患疟，牛压其胸。太夫人祭之方去。人问："胡公官贵，何神佛见之尚起立，而牛头贱鬼乃敢揶揄之耶？"余答之曰："惟是神是佛，正直聪明，故知其为贵人、正人而敬之。牛则无知也，何敬之有？"

公抚河南时，朔日行香，未至庙，忽低头持扇遮面。司道迎接打恭⑥，岸然不答。公素谦，一旦改常，司道大疑。越一日，乘间问曰："公某日行香如有意拒绝我等者，得毋有所开罪乎？"公曰："非也。前日见庙前有天蓬神两位被河神锁系，求我说情。我若允许，则彼原有罪；如不允，则天蓬神缠扰不清，故佯为不见而过之耳。"

【注释】

① 在在：处处，到处，各方面。武元衡《春斋夜雨忆郭通微》诗："桃源在在阻风尘，世事悠悠又遇春。"

② 东岳大帝：又称泰山神。在中国民间传说中，是上天与人间沟通的神圣使者，是历代帝王受命于天、治理天下的保护神，主管世间一切生物的出生。历代帝王对泰山神尊崇有加，唐代封为"天齐王"，宋代晋为"仁圣天齐王""天齐仁圣帝"，元代加封为"天齐大生仁圣帝"，明代又恢复为东岳泰山神。

③卤簿：古代帝王驾出时扈从的仪仗队。出行之目的不同，仪式亦各别。自汉以后亦用于指称后妃、太子、王公大臣的仪仗。

④牛头：中国民间传说中勾魂使者。据《铁城泥犁经》说：阿傍为人时，因不孝父母，死后在阴间为牛头人身，担任巡逻和搜捕逃跑罪人的衙役。佛教最初只有牛头，传入中国时，为了对称成双，才又配上了马面。牛头马面之说在中国民间传，后被道教吸收，并充当了阎罗王及判官的下属。在佛寺很少有牛头马面，反而属于道教的城隍庙、东岳庙、阎王庙等所在多有。

⑤打恭：弯下身子作揖。表示恭敬。打恭时，上身弯曲，至九十度为最恭敬，同时两手相抱拱手，自下而上移动。

【赏析】

古代民间盛传，有一类人用肉眼能够看见鬼魂，俗称"阴阳眼"，民俗认为，"阴阳眼"有可能是天赋，也有可能是后天因特殊的机缘而得来。《碧眼见鬼》一文，就是根据这种民俗信仰而产生的。

故事的主人公胡宝璥，其目呈碧色，已与常人大异，更奇异的是他自幼便能看见鬼魂。鬼魂是怎样的呢？据他说，街头巷尾处处有鬼，只是常人无法感知而已。某一处所鬼的多少，又与该处的阴阳二气有关,譬如菜市口这种行刑之地,就多聚鬼魂。鬼也"欺软怕硬",阳气盛的人,鬼不敢招惹。一日之中,阳气盛时鬼出没得少,而午后则多了起来。

若人真能"见鬼",到底是祸是福呢?在不同的志怪故事中,这类有此异能的人遭际各不相同。而这篇故事的胡公,既未因此得益,也未因此受害,他是一个清醒而通透的旁观者,知道鬼的世界其实就是变相的人间,有人欲之私,也有参差多态,又有何可怕之处呢?

清凉老人

　　五台山僧,号清凉老人,以禅理受知鄂相国。雍正四年,老人卒。西藏产一儿,八岁不言。一日剃发,呼曰:"我清凉老人也,速为我通知鄂相国。"乃召小儿入。所应对,皆老人前世事,无舛。指侍者仆御,能呼其名,相识如旧。鄂公故欲试之,赐以老人念珠,小儿手握珠叩头曰:"不敢,此僧奴前世所献相国物也。"鄂公异之,命往五台山坐方丈。

　　将至河间,书一纸与河间人袁某,道别绪甚款。袁,故老人所善,大惊,即骑老人所赠黑马来迎。小儿中道望见,下车直前抱袁腰曰:"别八年矣,犹相识否?"又摩马鬣笑曰:"汝亦无恙乎!"马为悲嘶不止。是时,道旁观者万人，皆呼生佛，罗拜。

小儿渐长大，纤妍如美女。过琉璃厂①，见画店鬻男女交媾②状者，大喜，谛玩不已。归过柏乡，召妓与狎。到五台山，遍召山下淫妪与少年貌美阴巨者终日淫媟③，亲临观之，犹以为不足；更取香火钱往苏州聘伶人歌舞，被人劾奏。疏章未上，老人已知，叹曰："无曲躬树④而生色界天，误矣！"即端坐趺跏⑤而逝，年二十四。

吾友李竹溪与其前世有旧，往访之。见老人方作女子妆，红肚袜，裸下体，使一男子淫己，而己又淫一女，其旁鱼贯连环而淫者无数。李大怒，骂曰："活佛当如是乎！"老人夷然应声作偈曰："男欢女爱，无遮无碍。一点生机，成此世界。俗士无知，大惊小怪。"

【注释】

① 琉璃厂：位于现在北京的和平门外，西至西城区的南北柳巷，东至西城区的延寿街，全长约800米。元朝这里开设了官窑，烧制琉璃瓦，故名。清初顺治年间，在京城实行"满汉分城居住"，而琉璃厂恰恰是在外城的西部，汉族官员多数住在这一带。后来全国各地的会馆也都建在附近，形成了"京都雅游之所"，琉璃厂逐渐发展成为京城最大的文化街市。

② 交媾（gòu）：阴阳交合，亦作"交构"。出自《后汉书·

周举传》:"二仪交构,乃生万物。"此处指性交。

③ 淫媟(xiè):放荡猥亵。《宋史·奸臣传二·蔡攸》:"(蔡攸)与王黼得预宫中秘戏……杂倡优侏儒,多道市井淫媟谑浪语,以蛊帝心。"

④ 曲躬树,语出《长阿含经》,"其园有树。名曰曲躬。叶叶相次。天雨不漏。使诸男女止宿其下",在此,曲躬树是无烦恼无欲念的菩提境界的譬喻,而色界天是有情无欲的世界。

⑤ 趺跏(fū jiā):双足交迭而坐。

【赏析】

轮回转世,是佛教尤其藏传佛教所相信的,藏传佛教中,甚至有活佛转世制度。《清凉老人》一文写轮回转世故事,故事的主人公也是一位佛教高僧。故事的开头,说五台山高僧清凉老人系鄂相国旧交,他圆寂之后,后身托生在西藏。转世之后,仍然保留着前世的记忆,身为八岁的小儿,但行动举止却异常稳重。与鄂相国相见,应对如流,宛如旧识。所以鄂相国惊讶之下,便让他做了五台山方丈。有了这段故事,观者皆击节称奇,对其景仰不已。

故事发展到这里,都是"正剧"的路子,读者自然会想当然地以为,前世是大德高僧,今世灵识不昧,自然也是高明人物,而且恐怕还会百尺竿头,更进一步。孰料作者笔锋急转:

八岁时的"清凉老人"少年老成,举止庄重,但是随着他年龄的增长,却开始有了出家人不该有的男女之欲,且欲火之炽盛,甚至超过常人。渐次有了玩赏春宫图、狎妓、聚众淫乱、异装、断袖等"劣迹"。若在常人,还可以"饮食男女"开脱,但在一转世高僧,则无疑让人难以接受。

清凉老人的前世好友李竹溪见其荒淫无度,怒斥活佛不当如是,这声断喝并没让他羞愧,却引出了这样的偈子:"男欢女爱,无遮无碍。一点生机,成此世界。俗士无知,大惊小怪。"这场对话,很像禅宗的公案。

禅宗讲究不立文字、直指本心,常常用言语的机锋来促成顿悟。有时甚至用表面上看来离经叛道的言语或行为,来表现自己的通达和对佛教教义的理解。这里李竹溪和清凉老人的对话,就颇有这种意味,甚至,当我们细细品味这偈子时,也许也会觉得这"一点生机,成此世界"中的禅意,一定程度上消解了他的行为的荒诞性。

这场闹剧,终结于清凉老遭人弹劾。他自叹"无曲躬树而生色界天",是一种错误,便就此长逝,令人说不清是鄙视还是尊敬,是感慨还是惘然。他神通过人,能记前世,能未卜先知,这无疑会让俗世之人在他身上寄托对神佛的想望,命其为住持,尊其为"活佛",并由此规定他的人生轨迹,便是在神化的同时,在他的身上加上了一重枷锁。清凉老人的后身,有修禅的智慧，但同时也有俗人的情欲。在这种必须压抑自己性需求的身份之下，他的行为自然显得荒诞离谱。但若跳出他的"活佛"身份，这种性压抑却成了一种悲剧。

三姑娘

钱侍御①琦巡视南城,有梁守备②年老,能超距腾空,所擒获大盗以百计。公奇之,问以平素擒贼立功事状。梁跪而言曰:"擒盗未足奇也,某至今心悸且叹绝者,擒妓女三姑娘耳,请为公言之:

"雍正三年某月日,九门提督③某召我入,面谕曰:'汝知金鱼胡衕④有妓三姑娘势力绝大乎?'曰:'知。''汝能擒以来乎?'曰:'能。''需役若干?'曰:'三十。'提督与如数,曰:'不擒来,抬棺见我。'三姑娘者,深堂广厦,不易篡取者也。梁命三十人环门外伏,己缘墙而上。时已暮,秋暑小凉,高篷荫屋。梁伏篷上伺之。

漏初下,见二女鬟从屋西持朱灯引一少年入,跪东窗低语曰:'郎君至矣。'少年中堂坐良久,上茶者三,四女鬟持朱灯拥丽人出,交拜昵语,肤色目光,如明珠射人,不可逼视。少顷,两席横陈,六女鬟行酒,奇服炫妆,纷趋左右。三爵后,绕梁之音与笙箫间作。女目少年曰:'郎倦乎?'引身起,牵其裾从东窗入,满堂灯烛尽灭,惟楼西风竿上纱灯双红。

梁窃意此是探虎穴时也,自篷下,足踢寝户入。女惊起,赤体跃床下,趋前抱梁腰,低声辟呷曰:'何衙门使来?'曰:'九门提督。'女曰:'孽矣,安有提督拘人而能免者乎?虽然,裸妇女见贵人,非礼也,请着衣,谢明珠四双。'梁许之,掷与一裈⑤、一裙、一衫、一领袄。女开箱取明珠四双,掷某手中。

女衣毕,乃从容问:'公带若干人来?'曰:'三十。'曰:'在何处?'曰:'环门伏。'曰:'速呼之进,夜深矣,为妾故累,若饥渴,妾心不安。'顾左右治具,诸婢烹羊炮兔,咄嗟⑥立办。三十人席地大嚼,欢声如雷。梁私念床中客未获,将往揭帐。女摇手曰:'公胡然?彼某大臣公子也,国体有关,且非其罪,妾已教从地道出矣。提督讯时,必不怒公;如怒公,妾愿一身当之。'

天黎明,女坐红帷车与梁偕行,离公署未半里,提督飞马朱书谕梁曰：'本衙门所拿三姑娘，访闻不确，作速⑦释放，毋累良民，致干重谴。'梁惕息⑧下车，持珠还女。女笑而不受。前婢十二人骑马来迎，拥护驰去。明日侦之，室已空矣。"

【注释】

① 侍御：清朝御史的通称，系负纠察、弹劾责任的官吏，属都察院，有左、右御史，左、右副都御史，佥都御史，监察御史等。

② 守备：职官名。明清代时为绿营统兵官，位在都司之下，为五品武官，称为"营守备"。

③ 九门提督：清朝的驻京武官，设立于康熙十三年（1674年）。主要负责北京内城九座城门（正阳门、崇文门、宣武门、安定门、德胜门、东直门、西直门、朝阳门、阜成门）内外的守卫和门禁，还负责巡夜、救火、编查保甲、禁令、缉捕、断狱等，实际为清朝皇室禁军的统领，品秩初为正二品，后于嘉庆年间升为从一品。

④ 胡衕（tòng）：同"胡同"。

⑤ 裈（kūn）：裤子。

⑥ 咄嗟（duōjiē）：霎时。晋·左思《咏史》诗之八："俛仰生荣华，咄嗟复雕枯。"

⑦ 作速：从速，赶快。

⑧ 惕息：战兢恐惧而喘息。形容害怕到了极点。《汉书·司马迁传》："当此之时，见狱吏则头枪地，视徒隶则心惕息。"

【赏析】

古人形容大将之才，曰："运筹帷幄之中，决胜千里之外"，又曰："泰山崩于前而色不变，麋鹿兴于左而目不瞬"，意思是说大将之才，必得兼具统筹指挥能力、洞察力、定力。说起这类人，我们想到的，要么是"伯仲之间见伊吕，指挥若定失萧曹"的诸葛亮，要么是"羽扇纶巾，谈笑间、樯橹灰飞烟灭"的周瑜，都是文才武略、胸中万卷的英雄豪杰。而《三姑娘》一文，写的是一位青楼妓女，但令人惊异的是，这位名不彰、位不显的女子，其谋略手段、风度定力，竟毫不逊于那些名垂青史的大将。

三姑娘何许人也？系金鱼胡衕中的一位妓女。她结交重臣，势力绝大，暗中从事不法之事。九门提督想要捉拿她，派出了精明强干的梁守备，并遣衙役三十名，命曰"不擒来，抬棺见我"，这种严阵以待的架势，映衬出三姑娘绝非一般人物，也暗示出抓捕行动恐怕不会十分顺利。

抓捕的过程，作者写得曲折生动。梁守备命随从埋伏四周，自己潜伏屋顶，暗中窥伺，看到了前来相狎的贵人和三姑娘的真面目。三姑娘"肤色目光,如明珠射人,不可逼视",但她并非徒有美貌,智计亦过人。当梁守备在二人欲行云雨之事之际现身、自忖势在必得时,三姑娘上演了一出反败为胜的好戏:她先声称此次势必不免,但"裸妇女见贵人,非礼也",以明珠四对之贿,让梁守备允准她穿上衣服,以此在心理战中与对方取得平等的地位;接着,她探问到梁守备还有三十随从,以关怀慰劳为由,以酒馔相飨,使得对方麻痹大意,乘机让相狎的贵官之子从密道逃出。最后,当梁守备已押送其回衙门时,却在路上接到了九门提督下令将其释放的谕书。看这一过程,三姑娘的智计,岂让须眉?

此文为了表现三姑娘的势大,多用烘托侧写之法。如贵人到来时,引路的丫鬟有二人,上茶的有三人,挑灯的有四人,斟酒的有六人;给衙役们置备酒馔时,虽然衙役有三十人之多,但酒馔立时就可办好;虽然家大业大,但需要合并时毫不犹豫,被九门提督释放之后,第二天就人去楼空了。

以梁守备身手之矫健,以九门提督二品之尊,以衙役三十之众,到了三姑娘的面前,却遭到了惨败,并非百炼钢不敌绕指柔,而是这位城府极深的三姑娘的背后,有着更深的背景和势力,这种势力在文中未曾出场,它的代表某"郎君",读者也是只见其形影,不知其名姓,但它无所不在,无所不为,不由得不让人感叹滥用权力的可怕和当时官场的腐败。

梦葫芦

尹秀才廷一，未第时，每逢下场，必梦神授一葫芦，发榜不中。自后遇入闱①心恶，而每次必梦葫芦，然屡梦则葫芦愈大。雍正甲辰科，入闱之前夕，尹恐又梦，乃坐而待旦，欲避梦也。其小奴方睡，大呼："梦见一个葫芦，与相公长等身。"尹懊恨不祥，亦无可奈何。已而榜发，尹竟中三十二名。其三十名姓胡，其三十一名姓卢，皆甚少年，方悟初梦之小葫芦，盖二公尚未长成故也。

【注释】

① 入闱（wéi）：科举考试时士子或考官进入考场。此处指参加科考。闱：贡院。

【赏析】

志怪小说,其趣不止一端。或惊悚,或怪异,或奇幻,或谐趣,这篇文章就是以谐趣取胜。

尹秀才屡试不第,而每次被黜,总会梦见一个葫芦,且此葫芦逐年长大,不知何谓。这一年科考,尹秀才百计避梦,坐而待旦,孰料其仆亦梦一葫芦,且此葫芦与尹秀才身量相当。尹秀才自料此乃不祥之兆,自忖必然再次名落孙山,不意此次竟然榜上有名,序列三十二名,而前两名一姓胡,一姓卢,皆少年——屡梦葫芦,且葫芦渐渐长大,其验在此。

这篇故事的机巧在于它的叙述方式——有意的误导和出其不意的包袱。预兆,在志怪故事中并不新鲜,紫气、祥云、麒麟、金甲神等,自然是吉兆,而鸱枭、萤惑星、日食等,则是凶兆。尹秀才梦见葫芦,其吉凶在两可之间,然而他每次梦见葫芦必然名落孙山,则意指此兆为凶兆。但此处又有悬念——葫芦越长越大,是否意味着造化弄人,其时运每况愈下?作者做了足够的铺垫误导主人公和读者,让他们都担足了心,在最后却以喜剧收场——原来此"胡卢"非彼葫芦,乃是预示着尹秀才将与胡、卢二位同时登第,而葫芦逐年长大,则为胡、卢二生由童子长成之验。此文虽短,但情节曲折幽默,令人莞尔。

奇骗

骗术之巧者,愈出愈奇。金陵有老翁持数金至北门桥钱店易钱,故意较论银色,哓哓①不休。一少年从外入,礼貌甚恭,呼翁为老伯,曰:"令郎贸易常州,与侄同事,有银信一封托侄寄老伯。将往尊府,不意侄之路遇也。"将银信交毕,一揖而去。

老翁拆信谓钱店主人曰:"我眼昏,不能看家信,求君诵之。"店主人如其言,皆家常琐屑语,末云:"外纹银十两,为爷薪水需。"翁喜动颜色,曰:"还我前银,不必较论银色矣。儿所寄纹银,纸上书明十两,即以此兑钱何如?"主人接其银称之,十一两零三钱,疑其子发信时匆匆未检,故信上只言十两;老人又不能自称,可将错就错，获此余利，遽以九千钱与之。时价纹银十两，例兑钱九千。翁负钱去。

少顷，一客笑于旁曰："店主人得毋受欺乎？此老翁者，积年骗棍，用假银者也。我见其来换钱，已为主人忧，因此老在店，故未敢明言。"店主惊，剪其银，果铅胎，懊恼无已。再四谢客，且询此翁居址。曰："翁住某所，离此十里余，君追之犹能及之。但我翁邻也，使翁知我破其法，将仇我，请告君以彼之门向，而君自往追之。"店主人必欲与俱，曰："君但偕行至彼地，君告我以彼门向，君即脱去，则老人不知是君所道，何仇之有？"客犹不肯，乃酬以三金，客若为不得已而强行者。

同至汉西门外，远望见老人摊钱柜上，与数人饮酒，客指曰："是也，汝速往擒，我行矣。"店主喜，直入酒肆，捽②老翁殴之曰："汝积骗也，以十两铅胎银换我九千钱！"众人皆起问故，老翁夷然曰："我以儿银十两换钱，并非铅胎。店主既云我用假银，我之原银可得见乎？"店主以剪破原银示众。翁笑曰："此非我银。我止十两，故得钱九千。今此假银似不止十两者，非我原银，乃店主来骗我耳。"酒肆人为持戥③称之，果十一两零三钱。众大怒，责店主，店主不能对。群起殴之。

店主一念之贪，中老翁计，懊恨而归。

【注释】

① 哓哓（xiāo xiāo）：争辩声。《韩愈·重答张籍书》："择其可语者诲之，犹时与吾悖，其声哓哓。"

② 捽（zuó）：揪；抓。《说文》：捽，持头发也。从手，卒声。

③ 戥（děng）：一种小型的秤，用来称金、银、药品等分量小的东西，称"戥子"。

【赏析】

今时今日，在各种社会新闻中，我们不难听闻各色新鲜骗术，其中某些骗术高超得让人咋舌，有的则低劣得似乎能一眼望穿，但无论哪种骗术，总有上当的人，究其原因，无外乎一个"贪"字。

《奇骗》一文，写的是当时的一种高明骗术，其高明之处，在于连环设套：骗术的上演地点是一家钱店，而目标就是钱店老板。主人公某老翁先假装要与店主兑钱，继而有一名少年出场，伪称老翁之子托他送来家信与银两。老翁则声称自己眼花无法看信，请店主帮忙代读，信中皆琐言，唯信末称托带纹银十两，是此术的关节。老翁意欲以此"十两银子"换钱，店主人称出银实重十一两三钱,不觉动了贪念,便顺水推舟,按照时价兑了九千钱给老翁。

明眼人自然知道,店主已入了彀。揭出此事的是另一位客人,据他说,此翁以假银行骗,非一日也。店主剪开银子,发现果为铅制假银,心中懊恼,向此人询问老翁的居所,该客人再三推脱,店主再三恳请,最后酬银三两,客人终于答应了他。

经其人指点,果然在汉西门外找到了老翁,老翁正与数人饮酒。店主盛怒之下,直入酒店,且骂且殴,众人问其原因,店主自然理直气壮,尽述其事,岂料老翁更是振振有词,说其子寄来的是十一两三钱,而非店主所云之十两。店主所反而被视作骗子,挨了围观群众的一顿老拳。

至于此,这段连环骗术终于告一段落。老翁与少年演戏,以家信假银为道具,此为第一套;店中客与老翁合谋,伪作知情者,反骗店主三两纹银,此为第二套;骗子们巧设伏笔在先,使得店主哑巴吃黄连,反而被诬为骗子,此为第三套。环环相扣,不可谓不巧。然而这三个连环套之所以奏效,起因于店主的一念不仁,正因为他为利所诱,昧于贪欲,所以步步为人设计,遂了恶人之意。由此更加证明,一切骗术所能凭借的,都是人的贪欲,若能自正其身,不以恶小而为之,自然能让自己更好地远离此种危险。

沙弥思老虎

五台山某禅师收一沙弥①，年甫②三岁。五台山最高，师徒在山顶修行，从不一下山。后十余年，禅师同弟子下山，沙弥见牛马鸡犬，皆不识也，师因指而告之曰："此牛也，可以耕田；此马也，可以骑；此鸡、犬也，可以报晓，可以守门。"沙弥唯唯。少顷，一少年女子走过，沙弥惊问："此又是何物？"师虑其动心，正色告之曰："此名老虎，人近之者，必遭咬死，尸骨无存。"沙弥唯唯。

晚间上山，师问："汝今日在山下所见之物，可有心上思想他的否？"曰："一切物都不想，只想那吃人的老虎，心上总觉舍他不得。"

【注释】

① 沙弥：指已受十戒，年龄在七岁到二十岁的出家男子，亦泛指小和尚。

② 甫：刚刚。

【赏析】

现代流行歌曲《女人是老虎》曾广为流传，众人耳熟能详，其歌词云："小和尚下山去化斋，老和尚有交待：山下的女人是老虎，遇见了千万要躲开。走过了一村又一寨，小和尚暗思揣：为什么老虎不吃人，模样还挺可爱？老和尚悄悄告徒弟，这样的老虎最呀最厉害，小和尚吓得赶紧跑，师傅呀坏坏坏，老虎已闯进我的心里来心里来。"妙趣横生，令人莞尔。

其实，这篇歌词的故事构想，并非出自词作者的原创，而是来自于《续子不语》的《沙弥思老虎》一文：一个三岁起就在五台山顶寺庙中出家的小沙弥，到了将成年时才第一次下山，见到山下事物，其师父都一一告知，唯独见到女人，禅师担心他生凡心，所以谎称是老虎，能吃人，试图使其生戒惧之心，避而远之。但是事与愿违，等到回到山中，师父问起他的想法时，他说道："一切物都不想，只想那吃人的老虎，心上总觉舍他不得。"

《礼记》云:"饮食男女,人之大欲存焉。"诚然,从人性的角度来说,人的欲望是天然存在的,应该正视它,而不应戒惧或压抑。沙弥虽然受戒出家,学禅修心,但如果自身六根未净,尘心不除,对有可能起欲之物纵然严加防范,也免不了心猿意马、魂牵梦萦。

小沙弥自幼出家,对"色欲"一事,身戒而心不戒。他的师父,其实也是如此。我们可以参看另一则禅宗故事:老和尚携小和尚游方,路遇一河,见一女子正想过河又不敢过。老和尚主动背该女子趟过了河,然后放下女子继续赶路。小和尚不禁一路嘀咕,认为此事不妥,最后终于忍不住问道:师父你背女人,岂非犯戒?老和尚叹道:我早已放下,你却还放不下!《般若波罗蜜多心经》云"无眼界,乃至无意识界,无无明,亦无无明尽",意指真正的圆满无碍,在于心中本无烦恼、无分别、无纠缠、无羁绊,在这则故事中,老和尚是真的做到了,而《沙弥思老虎》中的禅师,则明显还没有做到。所以,具大智慧者自然明白,诱惑其实不在外物,而在内心。

吹铜龙送枉死魂　锅上有守饭童子

慈溪袁玉梁乩上扶出汪姓者,严州人,秀才,赴秋试,死于七里泷,飘荡无归,凭乩语人,云:水死者其初死时辄有人收管,入一处如今之班房,其主之者名司官,次日始查籍贯,遣卒解赴阎王。起行时,吹铜龙送之。铜龙以铜为之,曲其柄,如今之马上小喇叭状,声甚凄切。汪至冥府,王查其生平无大恶,释之,亦不令托生,亦无人拘管,听其飘扬,故得至此。并言鬼无乐趣,每苦寒冷,必欲就人身傍,吸其生气,始得融畅。倘吸气之时数鬼争挤,一有不慎,逼近人体,即有焦灼之患。

又怕大风,风起时,必伏地不能行,因风大即带有罡气[①],风着鬼体,其重如山,每望见风起,色如黑漆。

遇大风时,如板片一般,片片擦鬼背而过,能令鬼体消铄②。

又苦饥,辄入人家窃饭气为食,凡大家食脂多者,其饭气浓厚,食之耐饥;贫家饭气薄,不足供饱食也。窃饭时,锅上常有童子守之,童子属灶君所管,每见鬼窃饭气,必相追逐,故大家之饭亦不易得。其窃饭气,必俟饭熟开锅时,有风,则饭气四散,鬼以手攫③之,如丝絮状,可抟④而食。若无风,则饭气上达,为童子所守,不可窃也。

【注释】

① 罡(gāng)气:刚劲之气。

② 消铄:指事物由多变少,由大变小,由盛而衰,由有而无。

③ 攫(jué):夺取。

④ 抟(tuán):把东西揉弄成球形。

【赏析】

无论是古代志怪小说,还是现代影视作品,都少不了对"鬼"的设想。"鬼"为何物?与其说它是现实世界中的真实存在,不如说其实是人类心灵世界的一种投射。它是人类对生命的思考、对未知命运的探索、对人的存在的根本性的好奇。哲学三问曰：我是谁，我从哪里来，我向何处去。而中国人对于"鬼"的设想，其实就是对"我向何处去"这一问题作出的多种回答中的一种。

《吹铜龙送枉死魂　锅上有守饭童子》一文，构想了一个奇异的鬼世界。袁玉梁通过扶乩，扶出一鬼，系严州秀才。通过他的转述，勾画了一个奇异的鬼世界。这个世界如同人间一样，有谨严的秩序，其管理者就是传说中的阎王。阎王根据人的生前善恶，决定其去处——这并不新鲜，新鲜的是文中对于鬼的特性的描绘：鬼怕冷，需要挨近人的身体吸其生气，但如果跟人过于接近，又会被灼伤；鬼怕大风，风能使鬼体形状改变；鬼也怕饥饿，但不能饮食，只能吸饭气。

其实，在不同的作者笔下，鬼的特性并不相同。《搜神记》的《宋定伯捉鬼》一文中，鬼的软肋只是怕人相唾，被唾后辄化为一头羊。在《聊斋志异》中，有的鬼吸人阳气，能使人消瘦憔悴，有的则行止举动与人无异。其实，无论哪种想象，落点看似在"鬼"，其实在"人"，人生何谓？死后何归？对于这个问题，文学中的想象似乎不会终结。

禅师吞蛋

得心禅师行脚①至一村乞食,村中人皆浇薄②,尤多恶少年,语师曰:"村中施酒肉,不施蔬笋,果然饿三日,当备斋供。"至三日,请师赴斋,依旧酒肉杂陈,盖欲师饥不择食,以取鼓掌捧腹之快。师连取鸡蛋数个吞之,说偈③曰:"混沌乾坤一口包,也无皮血也无毛。老僧带尔西天去,免受人间宰一刀。"众人相顾若失,遂供养村中。

【注释】

① 行脚:谓僧侣无一定的居所,或为寻访名师,或为自我修持,或为教化他人而广游四方。游方之僧,即称为行脚僧。

② 浇薄:社会风气浮薄,不淳朴敦厚。

③ 偈（jì）：即偈子，又名偈颂，指佛教僧侣所作的蕴含佛法法理的诗，因为大多是诗的形式，又名偈诗。

【赏析】

佛教传入中国后，其教众在接受其经义的前提下，对一些仪式和戒律做了本土化的改变。比如"戒荤腥"，就是汉传佛教独有的特征。所谓"荤"，又名"五荤"，指葱、蒜、韭、洋葱、藠头等五种气味强烈的食物；腥则指各种动物的肉。戒荤是为了清净，戒腥是因为慈悲，这一条戒律，是出家的僧侣严格持守的。但如果在某种情况下，因为特殊的原因可能破戒，该如何应对呢？

在《禅师吞蛋》一文中，得心禅师便遇到了这种情况。他行脚至一村庄时，化缘不到斋饭，好事者为了为难他，故意说村中人只施舍酒肉，不施舍蔬食。得心禅师饿了三天，受邀赴斋宴，但所谓的"斋饭"还是酒肉。但是，想要看他的窘态来取笑的人并没有如愿，他连吃了好几个鸡蛋，并且吟了一首诗："混沌乾坤一口包，也无皮血也无毛。老僧带尔西天去，免受人间宰一刀。"

禅宗讲究不立文字，直指本心，见性成佛，也就是说它并不推崇对偶像、经典、戒律亦步亦趋，而是追求舍筏登岸、得鱼忘筌。所以，甚至有"佛是干屎橛"的这种看似极端的说法，这并非刻意亵渎,而是用当头棒喝的方法来破除外在的执见,明心见性。所以,从这个角度来看,得心禅师的偈子说吃鸡蛋是带着去往西方极乐世界,免受人间的苦难,虽有强词夺理之嫌,但也不无禅家的机锋。

明末清初有一位高僧破山禅师,也曾面临这种破戒的困境:"甲申以来,刀兵横起,杀人如麻。有李鹞子者,残忍好杀,师(破山禅师)寓营中,和光同尘,委曲开导。李一日劝师食肉,师曰:'公不杀人,我便食肉。'李笑而从命,于是暴怒之下,多所全活。"得心禅师和破山禅师的通达,实有异曲同工之妙。

凡肉身仙佛俱非真体

余每游刹院①见肉身菩萨,大概浑身用生漆灰布,叩之橐橐②有声。虽腿筋盘屈隐隐可见,而头颈总歪。在武夷山见草鞋仙姓程名艮坐石洞中,在九华山见无暇和尚,皆两目下垂无睛,摇其头尚动,扣其齿皆蛀朽脱落。惟广西永州无量寿佛,虽肉身而头独端正,心常疑之。

后有人云:"顺治间有邢秀才读书村寺中,黄昏出门小步,闻有人哀号云:'我不愿作佛。'邢爬上树窃窥之,见众僧环向一僧合掌作礼,祝其早生西天;旁置一铁条,长三四尺许,邢不解其故。闻郡中喧传,'某日活佛升天,请大众烧香礼拜',来者万余人。邢往观之,升天者,即口呼'不愿作佛'之僧也,业已扛上香台,将焚化矣。

急告官相验,则僧已死,莲花座上血涔涔滴满,谷道③中有铁钉一条,直贯其顶。官拘拿恶僧讯问,云:'烧此僧以取香火钱财,非用铁钉,则临死头歪,不能端直故也。'乃尽置诸法。而一时烧香许愿者,方大悔走散。"

全州佛庙大门外有坟一座。相传某御史入庙礼佛,欲试是否肉身,取针刺佛之耳,鲜血流出,御史大惊,出庙颠仆而死,其家即葬之于庙门外以示戒也。余观坟上碑,但记前朝姓名某,而并无此语。余虽不刺佛,然剥其所施衣彩十三层,叩其胸而弹之,亦自觉无礼矣。

【注释】

① 刹院:"刹"即梵语"刹多罗"的简称,指寺庙佛塔。
② 橐橐(tuó tuó):象声词。多状硬物连续碰击声。
③ 谷道:后窍,即直肠到肛门的一部分。

【赏析】

佛教有些信众认为,大德高僧由于修行有成,坐化之后其遗体不腐烂,成为肉身菩萨。在中国的各处寺庙中,保存有不少这样的肉身菩萨,年代久远者,历千年而不腐,面貌犹宛如生时。而肉身菩萨一事,也成为佛教信众宣扬神验的依据之一。

但是，在袁枚的眼中，这件事有很多时候并非神验，而是人为。他转述了一个极为惊悚的故事：顺治年间，有一位邢秀才偶然听到有人哀号道"我不愿作佛"，邢秀才在好奇心的驱使下，上树窥视，看到许多僧人环坐在一位僧人周围，旁边放着一根三四尺长的铁条。他当时不明所以，直到几天之后，听说当地喧传"某日活佛升天，请大众烧香礼拜"，观者如堵，而升天之"活佛"竟然就是当天他看到的大呼"不愿作佛"的那位和尚。官府查验后发现，这位僧人实是被谋杀而死，死状凄惨。而邢秀才当时看到的长铁钉，则钉入了和尚身体，其用途是为了在将和尚伪装成坐化的活佛时，使得其头颈端直。

世有虔诚礼佛者、信之不疑者，即有质疑不信如韩愈、袁枚者，这不足为奇。具体到肉身菩萨这个问题，其实，法体的形成，也非直接坐化，而是有一套特殊的处理方法。徐恒彬的《南华寺六祖慧能真身考》一文，就叙述了六祖慧能的真身，是用入定、密封、干燥的方法制作而成，如密封干燥阶段，"方法是用两个相同的大缸，一个仰放在下，中间放木座，座下放生石灰和木炭，座上有排漏孔，把坐化的尸体放在木座上，再把另一个大缸覆盖在上面密封好。经过相当长的时间，内脏和尸体上的有机物质腐烂流滴到生石灰上，不断产生热气，水份被吸干，变成坐式肉身干尸"。

这篇文章中的受害僧人，也可看作一切在礼教戕害下枉担了虚名、又无法发声的受害者的代表。那些被旌表的守望门寡或者夫死即殉的贞洁烈妇，焉知其莲花座上，没有淙淙鲜血呢？

唱歌犬

长沙市中有二人牵一犬,较常犬稍大,前两足趾,较犬趾爪长,后足如熊。有尾而小,耳鼻皆如人,绝不类犬,而遍体则犬毛也。能作人言,唱各种小曲,无不按节。观者如堵,争施钱以求一曲,喧闻四野。

县令荆公途遇之,命役引归,托以太夫人欲观,将厚赠之。至,则先令犬入内衙讯之。顾犬曰:"汝人乎?犬乎?"对曰:"我亦不自知为人也犬也。"曰:"若何与偕?"对曰:"我亦不自知也。"因诘以二人平素所习业,曰:"我日则牵出就市,晚归即纳于桶,莫审其所为。一日因雨未出,彼饲我于船上,得出桶。见二人启箱,箱中有木人数十,眼目手足悉能自动;其船板下卧一老人于内,生死与否,我亦不知。"

荆公拘二人鞫①之,初不承认,旋命烧铁针刺入鬼哭穴②,极刑讯之,始言:此犬乃用三岁孩子做成。先用药烂其身上皮,使尽脱;次用狗毛烧灰,和药敷之;内服以药,使疮平复,则体生犬毛而尾出,俨然犬也。此法十不得一活,若成一犬,便可获利终身。不知杀小儿无限,乃成此犬。问:"木人何用?"曰:"拐得儿,令自择木人,得跛者、瞎者、断肢者,悉如状以为之,令作丐求钱,以肥其橐③。"即率役籍其船,于船下得老人皮,自背裂开,中实以草。问:"何用?"曰:"此九十以外老人皮也,最不易得。若得而干之为屑,和药弹人身,其人魂即来供役。觅数十年,近甫得之。又以皮湿未能作屑,乃即败露,此天也!命也!只求速死。"荆公乃曳于市,暴其罪而榜死④之,犬亦饿毙。

【注释】

① 鞫(jū):审问犯人。

② 鬼哭穴:即少商穴,位于双手大拇指处。《针灸大成》:"鬼哭穴,治鬼魅狐惑,恍惚振噤。以患者两手大指相并,缚定,用艾柱于两甲角及甲后肉四处骑缝着火灸之,则患者哀告'我自去',为效。"

③ 橐（tuó）：口袋。

④ 榜死：捶击至死。《资治通鉴·汉哀帝元寿元年》："宠臣于长、张放、史育，育数贬退，家赀不满千万，放斥逐就国，长榜死于狱。"

【赏析】

生活在蒙昧时代的人们，面对限于时代科技水平和自身认识水平不能理解的问题，往往会以感性的想象来作出解释。比如，面对大旱，虚构出"旱魃"这一灾凶；面对月食，想象是天狗吃了月亮；看到月中阴影，幻想有月宫和桂树；看到海外舶来品长颈鹿，则将它附会为古代传说中的神兽"麒麟"。

《唱歌犬》一文，写了一个惊悚的故事。长沙市上有两个人牵着一只狗，这只狗形状奇异，不类凡犬，而且能说话唱曲，闻者惊异，这两人以此犬牟利，收获颇丰。县令荆公察觉有异，先审狗，后审人，由此揭出一个惨酷的真相：这只狗实际上是他们以类似于妖术的手段，以三岁孩子做成，其术之邪恶，远出常人的想象。

在《续子不语》中，还有一篇《狗熊写字》也是同一主题，全文如下："乾隆辛巳，苏州虎丘市上有丐，挈狗熊以俱。狗熊大如川马，箭毛森立，能作字吟诗，而不能言。往观者施一钱，许观之。以素纸求书，则大书唐诗一首，酬以百钱。一日，丐外出，狗熊独居。人又往，与纸求写，熊写云：'我长沙乡训蒙人，姓金，名汝利，少时被此丐与其伙捉我去，先以哑药灌我，遂不能言。先畜一狗熊在家，将我剥衣捆住，浑身用针刺亡，势血淋漓，趁血热时，即杀狗熊，剥其皮，包于我身，人血狗血相胶粘，永不脱，用铁链锁以骗人，今赚钱数万贯矣。'书毕，指其口，泪下如雨。众大骇，擒丐送有司，照采生折割律，杖杀之。押狗熊至长沙，还其家。"

　　看了这两则故事，在感叹的同时，读者应该已经意识到，故事的构思其实来自于古人对于驯兽术的误解，他们不太相信动物能够领会人的意思，并做出种种超脱其野性之外的举动，所以用想象来阐释这个行当。以讹传讹加上作者瑰奇的想象，遂构想出这样曲折的故事，成为志怪小说的绝佳材料。